古典文學研究輯刊

十五編

曾永義 主編

第 15 冊

中國歌謠與心理研究（下）

徐華龍 著

國家圖書館出版品預行編目資料

中國歌謠與心理研究（下）／徐華龍 著 — 初版 — 新北市：
花木蘭文化出版社，2017〔民 106〕
目 4+168 面；19×26 公分
（古典文學研究輯刊 十五編；第 15 冊）
ISBN 978-986-404-907-3（精裝）
1. 歌謠 2. 文藝心理學 3. 中國
820.8   106000831

ISBN-978-986-404-907-3

9 789864 049073

古典文學研究輯刊
十五編　第十五冊   ISBN：978-986-404-907-3

中國歌謠與心理研究（下）

作　　者　徐華龍
主　　編　曾永義
總 編 輯　杜潔祥
副總編輯　楊嘉樂
編　　輯　許郁翎、王筑　美術編輯　陳逸婷
出　　版　花木蘭文化出版社
社　　長　高小娟
聯絡地址　235 新北市中和區中安街七二號十三樓
　　　　　電話：02-2923-1455 ／傳眞：02-2923-1452
網　　址　http://www.huamulan.tw 信箱 hml 810518@gmail.com
印　　刷　普羅文化出版廣告事業
初　　版　2017 年 3 月
全書字數　251812 字
定　　價　十五編 18 冊（精裝）新台幣 32,000 元

中國歌謠與心理研究（下）

徐華龍　著

目

次

第十一章 《孟姜女》的悲劇心理

　　從悲劇的角度來說，我國的著名四大傳說的白蛇傳、孟姜女、梁山伯與祝英台、牛郎織女均可稱爲悲劇故事，特別是它們的故事結尾都是生離和死別這種帶有人生中最難以忍受的痛苦。在這種痛苦不忍的悲劇人物的心理描述和悲劇情節的充分展示之中，故事達到了一種最高的悲劇境地。「悲劇比別種戲劇更容易喚起道德和個人感情，因爲它是最嚴肅的藝術，不可能像滑稽戲或戲劇那樣把它看成是開玩笑。悲劇描述的激情都是最基本的。可以毫無例外地感染一切人；它所表現的情節一般都是可恐怖的，而人們在可恐怖的事物面前往往變得嚴肅而深沉。」〔註1〕正因爲這個原因，我國的四大傳說故事流傳了千百年，婦幼皆知，表現了旺盛的生命力。

　　在這四大傳說故事中，孟姜女的悲劇色彩是較之其他三大故事要濃烈的多。牛郎織女雖不成終身夫妻，但畢竟一同生活過，生兒育女一場。白娘娘與許仙雖波折甚多，但畢竟已結爲夫妻，同享天倫之樂。梁祝雖不能生時結爲伉儷，但死後雙雙化蝶，特別是三年同窗學友的富有魅力的浪漫主義生活，令人難忘的。而孟姜女的生活道路崎嶇坎坷，處處遇到不幸。可以這樣說，孟姜女是一個悲劇性的人物，孟姜女的傳說故事是一個感人肺腑、催人淚下的悲劇故事。

　　以下我們對新採集到的長篇敘事吳歌《孟姜女》〔註2〕進行對比心理分析，以求得對孟姜女悲劇意義的理解。

〔註1〕 朱光潛《悲劇心理學》，張隆溪譯，人民文學出版社，1983年版，第31頁。
〔註2〕 這首長篇敘事吳歌是由馬漢民等同志搜集，載《民間文藝集刊》第七期，文中凡引此歌，均不再加注。

第一節　在環境對比中展現悲劇心理

我們知道，對比作爲悲劇中的一個藝術手法，無疑是十分有利表現悲劇的，它可以製造悲劇氣氛、悲劇人物、悲劇情節等。在崇高的背後隱藏著卑劣，在愛情的背後隱藏著陰謀，在偉大的背後隱藏著渺小，等等，這一切迴然相反的兩個事物，離開了對比是無法展現，也正是如此，對比可以說是悲劇中不可忽視的藝術手法。同樣在《孟姜女》這一長篇敘事吳歌中，對比的運用是相當成功的，它爲孟姜女的悲劇性格和這一傳說故事的悲劇心理進行了成功的塑造和描繪。

馬克思主義的文藝理論告訴我們，文藝作品要塑造典型環境中的典型人物。換句話說，典型人物的塑造缺少其活動的典型環境是不行的。因此可見，文藝作品中所表現的環境是相當重要的。作品中的人物活動在一定的環境中，並非隨意安排的，而是根據人物內在的性格發展需要和故事情節發展的需要。

所謂環境對比，是指作品中的人物活動場景的變化而帶來的相互比較。在《孟姜女》這一長篇敘事吳歌中，環境的對比是比較突出的。這種環境的對比，主要反映了由盛轉衰、由美轉醜的變化，由此表現了故事的悲劇心理。

我們首先來看看孟、萬兩家的家境變化。

萬喜良父親是蘇州一位員外，頗有錢財。難怪後花園裡，孟姜女見生人萬喜良，萬喜良一聽詢問，連忙回答：

> 書生家住姑蘇城哎，
>
> 萬家大姓世家拉里山塘上。

根據心理分析，人在危急之中所要表現的語言，一般會找尋最能引起別人同情心的幾句話。在萬喜良看來，首先要向孟姜女澄清的事實應是，自己不是偷雞摸狗之輩，而是一位有地位有財產的大戶人家的子弟。正因如此，他才自報家門，以示與孟家是門戶相當，只是萬不得已才躲進孟家花園裡的。在萬家不僅有前門後廳，而且也有「牡丹亭」之類的花園中的樓臺亭閣。

> 公差是走路是急步行，
>
> 走進仔（子）萬家呀大門廳哎，
>
> 公差雙雙踏進來，
>
> 門公末書房去報仔格信。

……

> 兩個公差是一聲，
>
> 前廳末查仔拉里要到後廳，
>
> 敲更亭查仔再搜牡丹亭，
>
> 尋不著萬家仔少爺一個仔格人。

從這短短的八行詩中，我們可以看到萬家建築的大概輪廓，非為一般小康人家，故萬喜良說自家是「萬姓大戶世家」，是確有根據的。然而在這一場飛來橫禍的打擊之下，父死家敗，萬喜良自身難保，遠逃家鄉。

同樣，孟家的遭遇與萬家基本相像，其家境亦由盛昌轉至為衰敗。在這種家境的變化中，加以對比，更能鮮明生動地表現悲劇的氣氛，使人增加悲劇感。孟家也是「大姓拉里有呀名聲」，正因是大姓人家，其花園就顯得特別氣派，這在吳歌中有詳細的介紹。

花園中有花：

> 喜良逃進仔格花園們，
>
> 花園裡呀裡面香噴哎噴；
>
> 荷花未結出仔格蓮蓬呀一朵朵格開，
>
> 依菊花一開密層呀層。

花園中有亭：

> 喜良逃進花園們，
>
> 花園裡看見仔一座呀賞花亭，
>
> 賞花亭前般般有嘘，
>
> 九曲橋下呀結仔勿勿少少格鮮紅菱吧。

花園裡有假山：

> 喜良逃進仔格花園門，
>
> 花園裡看見仔格假山呀密層層哎，
>
> 相公末移步往前走呀，
>
> 心肝啦抖抖要生怕（只怕）碰仔人吧。

在這裡，通過萬喜良進孟家後花園所看到的一切，較仔細地敘述了花園的景物。同時，我們亦應看到這些敘述不是可無可有的，而是必需要出現的。第一，長篇吳歌《孟姜女》中沒有萬家花園景致的生動描述，不是作者疏忽，而應視為花園中的景物早已為萬喜良熟視，故無必要加以贅述。人們經過實

踐發現，新鮮的景物往往比早已司空見慣的景物來得吸引人，並能引起人的與此相關的心理活動。所以說，孟家花園裡的荷花、亭閣、假山的出現，在很大程度上帶有萬喜良的主觀心理意識。第二，一方面孟家花園的景物吸引著萬喜良，一方面萬喜良是在惶惶不安中進行走馬觀花的，因此他的心情是非常緊張的。這種緊張的心理，是在官府追捕的危急情形下造成的，是正常的反應。第三，孟家花園中的樓臺亭閣、小橋流水、假山花木是隱蔽的好場所，符合具有恐懼緊張心理的人的客觀需要。

孟家如此富有的家境在萬喜良被抓走以後，又連遇小人阿興作崇，強盜劫宅搶人，因此好端端的一個大姓孟家從此敗落，一蹶不振。這種家境的大起大落的變化，就不能不影響到孟姜女心理的變化，為她以後千里尋夫埋下了伏筆。試想一個不離家門寸步的千金小姐遠上塞北去尋找修建長城的丈夫是很難辦到的；只有在無家可歸的情況下，才會產生千里塞外尋找夫君的欲望和衝動。

現在，我們再來看看社會生活環境的變化，從中可以發現萬、孟悲劇心理的必然趨勢。

在《孟姜女》中，孟、萬均是中等家財的地主階級家庭裡的公子和千金，他們生活的環境是優越的，正是由於有這樣一個物質條件較為優厚的家境造成了他們平靜的心理，平時能走園賞花，讀書學字，琴棋書畫。長歌在一開始就說明了萬喜良在差人未捉拿他之前，尚在家中品茗讀書，故歌中有「書桌面上是擺好盅仔茶噓，茶水拉上面要熱氣熱騰騰」的句子。這種悠然自得的心境，沒有富裕的物質生活是難以做到的。

然而生活是嚴峻的。萬喜良這種養尊處優的生活被皇帝的一個夢打破了，被抓去萬里之外去修築長城。這種環境的變化太巨大了：一是從個人對此十分依賴的小家中，一下子拖到了舉目無親的社會裡；二是江南水鄉一下子徙遷到塞北荒漠之地；三是從肩不能挑擔，手不能提籃的公子哥兒，一下子變成在皮鞭監督下服苦役的囚徒。這些巨大的社會環境的變化，不能不造成萬喜良心中的悲劇心理。歌中說萬喜良之死，是由於西北風將新築起的城牆吹倒幾十丈而被壓在城牆下的。試想，如果不是因此原因，單從心理角度來分析，萬喜良在如此惡劣的環境中，只會一生九死。因為人對社會環境和自然環境的適應，不是一下子的，而需要一定的時間逐漸習慣的。如果本身就懷有對社會、自然的抗拒心理，這就更難相適應。再說，像萬喜良這樣的

人原是富裕人家中的獨生子，且又是讀書人，肯定會有一種清高的心理，誰知下層社會與此格格不入，這樣一來，勢必使他產生離群索居的念頭。但是，作為囚徒已被剝奪了自由人的那種行為和思想。在這種極不相適應的心理和社會環境的衝突，萬喜良很可能採取自殺的手段來毀滅自己。但是長篇吳歌《孟姜女》和其他一些流傳於民間的各種故事、小調、唱詞等形式均取萬喜良被壓城牆之下的悲劇情節，主要強調了社會環境對人的迫害和毀滅，從而增加了這一傳統故事的社會意義和歷史價值。但是，從心理角度上來說，萬喜良在家破人亡、勞役無期的情況下，採取自決的行為，也完全是可能的。

　　孟姜女變化中的心理和行為，亦與社會環境的變化分不開的。孟姜女是孟家千金，有丫環，有僕人，吃穿不愁，在這種條件下，孟姜女的心境無疑和富家小姐一樣，悠哉閒哉，正是這樣，孟姜女才會有興致去花園賞景，並由此而遇到逃難進來的萬喜良。當然，這樣的環境在萬喜良來後即被破壞了。孟姜女先是被強盜帶去「太湖邊浪貫山浪」，隨後又送去「玉亭山浪格娘娘廟」，以後再由船將她送至昆山周莊。這以後，她又打聽到松江城裡的父母已死去將近一年了，心中十分痛悲。在這種情況下，她才將對父母的牽念之情全部化成對萬喜良的思念，決意上路去千里尋找修長城的丈夫。歌中有這樣幾段描寫孟姜女思念的情景：

> 孟姜拿個心思盤，
> 要到仔長城拉裡跑仔格一轉，
> 有命勿怕仔路線長呀，
> 腳小是拉裡怕啥男客仔格遠。

> 孟姜拿個心思盤哎，
> 要到長城末拿個男客來看嗯，
> 伊是早浪織布哎夜紡紗呀，
> 相幫是丈夫拉裡做衣衫。

在前一段中，表現了孟姜女思念丈夫不怕路途遙遠的內心獨白。在後一段中，則表現了她將思念的情緒化成了具體行為的舉動。很顯然，作為有錢人家的千金小姐要去學紡紗織布，沒有環境的變化是不可能的；作為孟姜女來說，沒有思念萬喜良的深切之情，也是不可能的。因此可見，孟姜女行為的變化同樣與心理想法的變化相一致的。以後，孟姜女過蘇州、望亭、無錫、常州、

鎮江、洛陽、雁門關、嘉裕關直至修建長城腳下，歷經風霜，久遭刁難，但是她沒有後退，這與她堅定不移的信念和深切感人的思念是分不開的。如果沒有這種強烈的心理作用，一個弱小女子要協成這件事情也是不可能的。

第二節　在人物設置中表現悲劇心理

在長篇敘事吳歌《孟姜女》中，人物設置是別具匠心的，其性格特徵也是較爲明鮮的。它通過人物的相互聯繫，反映了不同悲劇因素和悲劇心理。

這首長歌中，設置的人物主要有這樣幾對：一是皇帝與萬喜良，二是皇帝與孟姜女，三是孟姜女與孟興，四是孟姜女與守城關官，五是門公與差人，六是街人與孟姜女，七是孟姜女與萬喜良，等等。不過在這眾多的人物設置中，長歌中描寫較詳細的有皇帝與孟姜女，孟姜女與孟興，孟姜女與守城關官，孟姜女與萬喜良這四對人物，其他幾對則爲略述，但是同樣與此歌中的悲劇心理同樣有關聯，有的缺此則不成功。例如皇帝和萬喜良這一對人物，原來可以說是毫無關係的。一個是遠在京城腐化享樂的一國之主，一個是默默無聞的讀書人。就是因爲皇帝的一個託夢，造成了孟、萬兩家的破落和一對戀人的死亡。所謂夢，是人人所共有的現象，是心理生活中的一種隱意識。人們常說日有所思，夜有所夢，就是說白天裡人們所進行的思維活動進入了夜間睡眠中的人腦中。其作用，「弗洛特發見：夢的機能，就在表現一種不曾滿足的唯我中心的欲望，這種欲望，是因爲被壓抑於意識界之外，所以不曾得到滿足。」〔註3〕由此看來，皇帝要抓萬喜良去築長城，並非偶然，而是其多日思想後夢中反映。夢中的這種「欲望」，一般人不一定能夠得到滿足，然而在掌握生死大權的一國之主手中，就變成了殺人的手段。在《孟姜女》這一長篇吳歌中，這一段是不可缺少的內容，是製造孟姜女悲劇的最早的心理因素。

孟姜女與皇帝的設置上，主要表現在善良與凶惡，機遇與愚蠢的心理描寫。

孟姜女哭倒長城，被抓來見秦始皇。秦始皇立刻爲她的美貌所傾倒，一心要她進宮做妃。孟姜女先是不肯，後來心生一計，暫且答應此事。

　　　　孟姜女，想喜良，

〔註3〕勒女士《弗洛特心理分析》，趙演譯，商務印書館，1927年版，第84頁。

奴生前是勿曾搭你同羅帳哎，

奴到仔長城搭勿曾碰仔格呀，

倒勿如末死仔下來搭你同墳場啊。

孟姜女拿個萬喜良想，

要想是同墳末也少主仔張嗯，

昏王是像個螞蟻叮牢仔格螺螄腳噓，

伊牽絲攀藤必肯拿奴放啊。

孟姜女拿個萬喜良想，

如是哎橫豎橫來拉裡拆牛棚哎，

人活仔哎百年也是一個死噓，

勿死格辰光末奴要搭個昏王末溜溜（戲弄）哎白相相啊。

通過這三段心理活動的描寫，反映了孟姜女機智的一面，因為她知道秦始皇是不會放過她的，硬拼不僅不值得，而且連丈夫的屍骨也無人埋葬。於是她利用了秦始皇急切想占有她的心情，叫秦始皇辦了三件違心的事：一是為萬喜良壘墳臺，二是舖上一條去墳臺的十里路，三是為萬喜良戴孝。果然，秦始皇順從孟姜女所言，辦妥了三件事。誰知，孟姜女卻跳下橋去，葬身於水中。從這一過程中，我們看到孟姜女用自己的智慧和機智嘲弄了不可一世的暴君，另外也反襯了暴君的愚蠢。

孟姜女是勞動人民心目中的善良婦女的形象。她同情落難中的萬喜良，並將自己委身與他，這說明她極有同情心。她不怕路途遙遠和艱難，去尋找修築長城的萬喜良，並帶去禦寒的棉衣，這也說明了她的善良心。而秦始皇則對這位善良的婦女施之以暴力，先是強行聘娶，後是連屍體都不放過：

昏王末差人呀撈起仔格孟姜女噓，

再拿個鐵掃帚拿伊俚一身細皮是白肉

拉里才洗掉哎。

這種用鐵帚刷屍的行徑，更表露了秦始皇心理的殘忍和暴戾。

孟姜女與孟興的設置上，主要表現在美好和陰暗的不同心理描述。

孟姜女與萬喜良喜結金玉良緣，沉浸在美好的幻想之中時，孟興這個想吞占孟家資產的野心狼，心裡頓時出現陰暗的心理。

孟興是早已明白七、八仔格分，

聽說仔小姐是今朝末要仔格完婚，

> 伊是心裡急得仔像油鑊起仔火，
>
> 兩隻末眼睛紅得就像元宵節夜裡格兩盞小紅燈。

這裡生動形象的描寫，將孟興焦急心情與得入木三分。孟興原想娶了孟姜女，可以獨霸孟家家產，誰知萬喜良一來，打破了他的美夢，他如何不恨從心底起。當他知道萬喜良是欽犯之後，於是向官府告發。告發有賞，得了三百兩銀子，「伊是笑眯眯，眯眯笑，萬相公捉脫仔讓我末孟興去搭小姐要來成仔格親呀。」短短的兩句，把孟興齷齪的內心揭露無遺。

孟姜女與守城關官的設置上，主要表現在熱與冷的不同心理描述。

孟姜女準備好行李，匆匆趕路，走了一程又一程，來滸墅關關口。孟姜女熱的心情表現在尋夫趕路上，關官冷的心情表現在錢上。孟姜女為了趕路，忍著火躥躥的心情先是打招呼，說「老爺末開恩拉里放行勝過吃齋念佛呀拿香燒哎」。可是關官不答應。隨後，孟姜女又以理力爭，然而也未能打動關官的鐵石心腸。最後，孟姜女以情真意切的十二月花名歌，感動了關官和士卒。

> 十二個月末花名唱完成呀，
>
> 醜心人也會得淚紛紛哎，
>
> 關官末吩咐哎拿個開關得直苗苗（筆直）噓，
>
> 再要送伊一只鐵棒磨出來繡花針嗯。

> 繡花針，送孟姜，
>
> 話啥碰著仔風雪末路浪向也好做衣裳，
>
> 如果勒長城浪碰著仔偌夫君哎，
>
> 回轉來伊篤夫妻雙雙請到仔俉關浪來白相相呀。

十二月花名歌委婉淒厲，催人激下，至今亦感人肺腑，試想一首歌使「石頭人」一般的關官能破例不收錢開關讓孟姜女出關，並且還贈禮，捎話去請孟姜女夫婦再來關口玩玩，真是莫大的轉變。從中我們可以看出這首歌裡飽藏著多少孟姜女悲痛欲絕的心情和淚水啊。

孟姜女與萬喜良的設置上，主要表現在意想得到和意想不到的不同心理的描述。

這種不同心理的對比描述，集中地表現在萬喜良逃至孟家後花園與孟姜女見面時的情況。首先是孟姜女意想不到。她在花園中將玉扇跌落進荷花塘，這是第一個意想不到。為了撈上玉扇；自己跌落下水，這是第二個意想不到。

見情況危急，萬喜良不怕暴露身份，救起「落水小姣娘」，這是第三個意想不到。當然，孟姜女也有意想得到的地方，那就是猜中萬喜良爲讀書人，可以將終身委託於他。其次是萬喜良的意想不到。他意想不到在平日無人跡的後花園裡，居然有小姐和丫環前來逛園賞花。他更沒有想到孟家這家千金閨秀看中了他這樣一個落魄書生，並願下嫁他這樣一個欽犯。萬喜良這時唯一能意想得到的是作爲欽犯，時時會有危險，所以他躲在假山中，「心肝啦抖抖要生怕（只怕）碰著仔人呲」。當救了孟姜女後，還曾想「一個劈頭（快逃的意思）拉里要脫身」。這些想法和舉動，均與作爲逃犯的心理活動和思維特點有密切關係。

第三節　在民俗中展現悲劇心理

　　民俗是一種文化現象，與人民群眾的心理素質有著緊密的關係。任何一部成功的文學作品中都會呈現出絢麗多彩的民俗事象，這些民俗事象反映著多種心理素質和心理活動，能推動情節的發展、矛盾衝突的展現，並能加強作品的民族特色，反映出一個時代裡的特有民俗風貌。

　　長篇吳歌《孟姜女》中涉及到的風俗內容是相當多的，其中不僅有社會民俗的事象，而且也有經濟民俗的事象，因而也豐富了該敘事長詩的內涵。歌中所謂的民俗現象，實際上是傳統民俗與現實的矛盾和衝突，進而表現了《孟姜女》的悲劇心理。

　　首先，我們從審美角度來看。在長歌中孟姜女被描繪成一個十分美貌動人的妙齡女子：

　　　　　　孟家末千金叫孟姜，

　　　　　　生來格面孔像芙蓉樣，

　　　　　　櫻桃仔小口哎拉里柳眉葉，

　　　　　　青絲哎挽髻呀瑪瑙鑲呀。

　　　　　　孟家是千金叫孟姜，

　　　　　　勿長是勿短拉里蠻登仔格樣，

　　　　　　小腳末一雙哎只有三寸長嘘

　　　　　　瓜子臉上拉里粉紅妝。

這裡描述的不僅有身段、面容、嘴唇、眉毛、頭髮而且還有一雙小腳。孟姜

女被描述得如此形象，這是民間審美習俗的表現。特別是那雙小腳，作爲一種美的象徵，在民間已傳之久遠。據考，婦女裹小腳起於五代，李後主令宮嬪窅娘，以帛繞腳，令纖小作新月狀。由此之後，人皆仿之。這一說法或許有一定道理。裹小腳的習俗是宮廷傳至民間的習俗，而不是民間傳至宮廷。因爲民間勞動婦女裹足難以從事生產或生活。只有閒得無聊的階級才可能以畸形的腳來作爲審美對象的。不過，此習俗慢慢流到民間，成爲北方婦女的成年儀式了。

據外國心理學學家研究結果表明，人們對足的注意。不僅有審美心理的原因，而且與性心理相關。在許多不同的民族裡，一個人的足也是一個怕羞的部分，一個羞澀心理的中心。在十八世紀的西班牙就是這樣，後來此風漸漸不大通行了。在古代羅馬也是如此，無論什麼時代，一個正常的在戀愛狀態中的人都認爲足部是身體上最可愛的一部分。有人在調查青年男女在這方面的愛好程度時，發見足部實居第四（第一是眼睛，第二是頭髮，第三身材肥瘦）。這種足戀心理，不但在古代的羅馬、西班牙，而且在中國亦被公認了的。〔註4〕我國古代文人和民間作的文學作品中對三寸金蓮的描寫，正說明了這一點。W 這種足戀心理，來源於當時的風俗習慣。據記載，「蘇州城中女子以足小爲貴，而城外鄉婦皆赤腳種田，尚不纏裹。」〔註5〕本來像孟姜女這樣不僅家產萬貫，而且年較美貌的姑娘，有個美滿的婚姻，一般人看來是天經地義的。然而就是她連連遭到不幸，受孟興之害，丈夫被抓，尋夫不著，反遭剖屍之禍。這樣一連串的悲劇性故事，不能不使讀者產生了強烈的悲劇心理，對主人公孟姜女來說，在一個接著一個的沉重打擊下，她亦同樣充滿著各種悲劇心理，並隨之加深加劇，走上拚得一死的絕路上去。

其次，我們從婚姻習俗中來看。在人的一生中，婚姻是件大事，是喜氣洋洋，興高采烈的事情。然而，孟姜女的婚姻卻是相當悲切痛楚的。新郎新娘在大堂之上舉行婚儀大禮：

> 牽新郎，攙新娘，
> 一根末紅綠牽巾足足有仔六尺長哎，
> 孟姜是頭浪一塊蓋頭來頂好哎，
> 移動仔雙腳末廳浪去拜天拜地拜爹娘。

〔註4〕靄理士《性心理學》，潘光旦譯，商務印書館，1946 年版，第 159～160 頁。
〔註5〕〔清〕趙翼《陔餘叢考》卷三一。

但是誰知道，公差卻拿著鐵索來到孟家，抓走新郎萬喜良。頓時笑聲變成了哭聲，喜事變成了愁事：

> 從古末至今千萬年，
>
> 哪有格種奇事仔格體，
>
> 拜仔天地哎勿曾進洞房呀，
>
> 要棒打仔鴛鴦拉里兩分離哎。

從這種傳統的婚姻習俗和嚴酷事實的對比中，我們可以看到長歌的悲劇心理是多麼鮮明，多麼凝重。

在這裡，我們可以回顧一下，孟姜女願嫁萬喜良，除了人品、家庭、財產等方面的原因，還有一種心理原因，那就是女體被生人看見後就要嫁於此人。這種民俗影響了孟姜女的思想意識，由此，我們可以將這種思想意識視之為隱匿著的悲劇心理。

> 奴奴是俏身細皮嫩肉哎拉里撥伊來看見，
>
> 勿做仔奴奴官人要搭伊勿成。

從這兩句歌中，我們看到孟姜女這種思想意識和民俗心理多麼嚴重。女體被人看見而要嫁於此人的民俗和意識，早在天鵝處女型故事中就有描述。這種習俗最早出現在父系社會時期，是女子外嫁男家的一種借口，表明了母權制度的失敗。到了封建時代，這種習俗打烙上鮮明的封建主義的思想意識，並成為女子的一條禁錮。孟姜女遵循這一傳統習俗，並以此為聯姻的一個重要心理依據，不能不視為是悲劇性的，只不過這種悲劇心理產生的後果不甚明顯而已。

·　《孟姜女》中所描寫的商業習俗，一方面反映了江南高度發展的商業城鎮，和這些城鎮中表現出的各種飲食習慣和商業習俗，另一方面也反映了市民們的冷漠心情和愛湊熱鬧的習俗。這兩個方面形成強烈的對比，因而也造成了種種悲劇心理。

萬喜良遭捕，逃至松江，首先看到的是繁華城鎮商業景象。街面上除了有各種南貨店、生藥店、綢緞莊、油麵店等，而且還有相襲成俗的商店安排和布置，更有飯館裡跑堂的大聲吆喝聲：

> 油麵店相對染布坊呀，
>
> 狀元館裡格小跑仔格堂，
>
> 喊出仔一聲末聲氣仔格好噱，

　　　　糖醋鱸魚再燒仔一隻三鮮湯。

雖然有如此富有江南城鎮商業習俗的景象，對於在逃犯萬喜良來說，根本是
無暇進行欣賞的。而歌中卻詳細加以描述，加重了悲劇心理的壓鬱成分。如
此繁榮豐富的城鎮商業及其各種習俗，在孟香丫頭爲孟姜女出嫁購買物品和
孟姜女尋夫途中都有不少精彩的敘述，也都爲悲劇心理渲染了氣氛。

　　另外，我們也應該看到城鎮商業經濟的不斷發展，使社會出現了一批市
民階層。這些市民階層由於特定的經濟地位決定了自私、怕事等心理，因此
他們都喜歡看熱鬧。在長歌《孟姜女》中亦有記載：

　　　　萬喜良末走來往前裡格行哎，

　　　　後頭末跟仔拉里閒人末一大仔格幫呀，

　　　　松江是城裡末就出奇仔事嚧，

　　　　才要末看看格個生仔千隻手格萬喜格良啊。

短短的四句歌就將松江城裡市人們愛軋鬧猛、愛看悲劇的習氣、表現得極爲
生動形象。

　　市人們看萬喜良的悲劇，是爲了獲得快感。而這種快感來源於惡意。西
方文學理論家將此稱爲惡意說。惡意說有一定的論據，「就是說人性中確還殘
存著某種原始的野蠻殘忍，某種本質上是自私和虐待狂性質的東西，由於這
類東西的存在，人們對於敵人的失敗感到興高采烈，喜歡給人痛苦，甚至從
朋友的遭難中得到一種邪惡的滿足。要找証據並不難。兒童在很小的時候就
靠折磨小昆蟲和其他小動物來取樂。野蠻人部落常常用活人做獻祭的犧牲，
並把敵人的骨頭作爲戰利品戴在身上做裝飾。……我們只需想一想羅馬的角
鬥士表演、西班牙的異教徒的火刑、熱衷於在報紙上閱讀凶殺、離婚、船隻
遇難、火災和其他轟動的新聞的情形，便可以明白這一點。」〔註6〕從這裡，
可以看到悲劇快來源於惡意，表現人類畸形的審美心理，具有久長的歷史源
淵。松江街頭的市人將萬喜良的不幸當作一場悲劇來加以欣賞，正集中地反
映了這種畸形的不健康的心理活動和思想方式。這裡，我們也可以看到，萬
喜良的不幸不是他個人因素造成的，而是當時的不合理的封建制度所造成
的。然而市人們卻沒有看到這一點，將萬喜良當作悲劇人物加以嘲諷。這才
是眞正可悲的。

〔註6〕朱光潛《悲劇心理學》，張隆溪譯，人民文學出版社，1983 年版，第 45～46
　　　　頁。

由於當時江浙一帶城鎮人口的增長，於是工商業人口之外，也有一些流
氓無產者，組成扛行、打行的團體，散佈於蘇、松、常三府各地。他們大多
是「遊手逐末、亡賴不逞」之徒，往往在社會上角勝爭雄，酣鬥猛擊。更有
一些富家子弟披紅戴綠，遊蕩街頭，無事生非，並常常調戲街頭行走之女子。
關於這一點，《孟姜女》中講到萬喜良逃至松江有這樣幾句話：

幾個鄉下小姑娘，

身上著格新衣仔格裳，

小腳末伶仃裡往前走哎，

身背頭跟著仔十七、八個小浪蕩（浪蕩子）。

這裡描寫的正是閒聊已極的公子哥兒追逐街頭姑娘的情景，萬喜良正是這個
年齡，很可能亦有此習趣，但此刻卻在亡命逃跑之中，這種悲劇心理不難產
生。作為讀者，不僅如此，亦同樣可以從字裡行間深刻體會到長篇敘事吳歌
《孟姜女》的悲劇心理及其價值和意義。

第十二章　《山歌》中的性意識

關德棟在《山歌》序中說：

> 但是他受階級和世界觀的限制，在接近人民群眾的廣度和深度上有著較大的局限性，至使視野狹隘。既未能全面的進行搜集、研究、整理，也沒有正確的理解思想與情感在作品中的關係，所以在選錄中存在了若干缺點。他僅看到市民階層中間「今所盛行者，皆私情譜也」，就大量採錄了抒發「男女之眞情」的東西。同時，又只強調感情作用，而抹煞思想價值，以致凡是眞情流露，不論反映了什麼感情的都予選取。大膽潑辣的表露眞情，只不過是「山歌」的一個優點，而根本問題還在於正確的反映人民生活，這一點在馮夢龍是並不了解的。所以搜集結果與「童痴一弄‧掛枝兒」亦復相同：無批判的把一雖「情眞」卻落後的，色情、猥褻、庸俗、低級趣味的作品，加以輯集和宣揚了。

在這一段長長的引文中，總的一個意思是，由於馮夢龍的種種局限，他對民間流傳的山歌不分良莠、只要「眞情流露」均在搜集之列，至使色情、庸俗、猥褻之類的作品亦被搜進了集子。換句話說，馮夢龍的這種缺點，在某種意義上又是寶貴的，因爲畢竟保存了明代吳語地方民間山歌的眞實面貌和眞實情感，是今天研究當時社會、文化的重要材料。

正由於《山歌》中的作品大都是表現男女私情的內容，其中反映了不少性意識，如今我們就這一問題進行一番探討。

第一節　性意識的表現形式

《山歌》的性意識表現形式是多種多樣的，有隱蔽的，也有公開的；有婉轉曲折的，也有單刀直入的；有赤裸裸的性行爲的描述，也有下意識的性意識的自然流露。凡此種種，均很自然貼妥地和民歌中的描述對象和思想感情緊密地聯繫在一起。表現了民歌創作者的高超的創作技巧。

一、從外表的描述上反映出性意識

人的外表是很重要的。外表的得體與否，可以決定別人對此人的印象如何。對於戀愛的男女雙方來說，對方的外表不僅能產生愛慕的情感，而且也能引起性感。這種性感，屬於一種低級的意識，不獨爲人類所有，在動物界亦不之其例。有些動物在求偶前，常常展現自己最漂亮的外表，如孔雀就是例子。人和動物雖有本質的區別，但人們在求愛時，十分注意異性的裝飾和打扮的心理還是一脈相承的。當然，求愛注意異性外表的意識不僅僅是一般的性意識，而是加進許多社會因素。這樣才構成了人和動物同時注意求愛對方外表的根本之不同。

《山歌》中寫道男女雙方求愛時，在外表描寫上，有兩個特點：一是注意服裝的打扮上，一是注意異性的人體外露器官上。

服裝的起源，目前世界上的觀點有多種，有寒冷說、裝飾說等等，還有一種觀點認爲，服裝的起源是求偶的需要，而不是其他。因爲最早的衣服開始於圍遮生殖器。例如毛利人用植物葉圍著下身，並非眞正防寒，而是利用植物的葉擴大生殖器的比例，以達到引起異性注意的目的。

這種觀點不無道理，目前仍左右著現代人的思想意識。西方婦人的夜禮服，坦胸露肩，固然是一種美的現顯，然而也多少在能吸引男人們的注意和視線。在《山歌》中，亦反映了這種對女子服裝的特有的興趣和敏銳，同樣表現了男子的性意識。

> 青滴滴個汗衫紅主腰，
> 跳板上欄干耍樣橋。
> 搭棚水鬢且是妝得恍，
> 仔細看個小阿姐兒再是羊油成塊一團騷。〔註1〕

〔註 1〕見《山歌》卷一。

這是以男子口吻寫下的婦女的模樣，所謂青汗衫和紅主腰，是典型的吳中婦女的裝飾，至今我們在蘇州一帶的農村中還能見到這種富有特色的婦女打扮。然而這種極普遍的服飾，在很大程度上帶有創作者的主觀性意識，首先歌中選擇汗衫和主腰作為起興，汗衫是一種貼身的衣衫，易使人聯想到僅有一布之隔的肉體。主要即如今的襉腰，也就是圍腰，它能使婦女的身體富有線條。汗衫和主腰的色彩也很有講究，前者是青色，後者是紅色，造成了莊重強烈的藝術效果，使人產生眷念之感。除了這句靜態的生動描繪之外，第二句即從動態的角度，反映了那婦女的逗人嫵媚的身形和動作。因此，我們可以看出服飾描述中表現的性意識，不僅僅體現在對其本身的筆力上，更反映在與此相關的描寫上。此兩者之間，可以說是互為補充的；一般來說，第一句是往往是舖墊，而第二句則往往是補充；有了這兩者，就較完整地反映了創作者的主導思想。

　　從外表的描述上反映出性意識的第二個特點是注意異性的人體外露器官和外部特徵。

　　對於異性的人體外露器官和外部特徵，戀愛中的男女也是十分注意的。由於愛慕，即使對象生理上的缺陷，也會被看作是具有優美之產物。之所以造成這種現象，是帶有主觀意識的心理作用。這種心理的產生，不能脫離對愛人的熾熱感情，沒有如此的感情，就不能出現這種心理特徵。因此，往往現實生活中出現過千萬次不為人注目的人體外露器（如耳、眼、鼻）一般不去讚美、注意，而戀人卻非常注意這些方面，並不盡餘力地去謳歌，去渲染。

　　眼睛是人的面部主要器官，有人稱之為「心靈的窗戶」，這也不為過。因為心理活動的種種細微表現都會在眼睛裡流露出來，人們可以從眼睛裡看到一個人的內心世界。這種無聲的語言，心靈相通的人是會理解、懂得的。特別是處於熱戀中的情人，非常注意對方的眼睛，因此在《山歌》中就自然地出現了對眼睛的描述。例有這一例子：「姐兒生得眼睛鮮，鐵匠店無人奴把鉗，隨你後生家性發鋼能介硬，經奴爐灶軟如綿。」（卷二）這首山歌裡，將眼睛說成為「鮮」字，是很具意味的。其中一是表明姐兒年輕，二是表明能吸引異性。正是這樣一個起句，才引起後生家性發，也就自然成章了。

　　另外，在描述婦女外形上還多注意寫真性和比喻性這兩個方面。

　　所謂比喻性，就是直接用比喻的方法進行描繪，一般不用其他修辭手段。

如：「姐兒生得好身材，好似荇糶船艙滿未曾開。」「姐兒生得好像一朵花」，等等。

所謂寫眞情，就是寫其外形的某一特徵。例如：「姐兒生得有風情」，「姐兒生得滑油油」，「姐兒生得俊俏又尖酸」，「姐兒生得貌超群」等等。

這裡所舉的均是起興句，是與後面的內容直接相關的，都抓住了最能反映婦人特點和最能吸引男人注意的方面，這就帶有濃厚的性意識。隨著內容的發展，這種性意識得到了進一步的揭示，從而使起興和內容達到了完整的統一。

男性注意女性的外表，同樣女性也注意著男性的外表，甚至將男子外表的缺陷都視爲一種美。《山歌》卷八《麻》就是這樣一個例子，前兩句是這樣的：「隔河看見子一團花，走到門前滿臉麻。」馮夢龍在此詩後加了一條注：「十麻九俏，這想是第十個麻子。」所謂十麻九俏，又謂十麻九騷，是民間一句成語，反映了一種性心理，是長期民間的約定俗成的看法。這裡，山歌將麻子比喻一團花，顯然帶有一種喜悅的心情。從整首詩來看，作品中的主人公很顯然是一位女性；或者說，詩裡反映的是當時女人普遍存在的一種心理。

二、直接的肉體描寫和性交描寫

《山歌》中，除了外表的描寫間接地表現性意識外，還有直接的內體描寫和性交描寫。

這裡的肉體描寫對象，一般均爲女子，而且歌中描寫時抓住主要能引起人們性意識的最富有女子特徵的內容，這是一個很重要的特點。

一是談到女人的身體上細皮白肉。

卷一：「二十歲姐兒睏弗著在踏床上登／一身白肉冷如冰／便是牢裡罪人也只是個樣苦／生炭上薰金熬壞子銀。」這首山歌將婦人想男人的悲切心情深沉地表現出來，首先此歌抓住二十歲姐兒脫衣睡覺作爲描述的一個典型場景，隨後，具體描寫其身子如何之動人。所謂「一身白肉冷如冰」，既說出了此女子楚楚動人的身體，又進一步點穿了雖有如此好身體尙無愛人，故頓覺悲涼的情感。

應該承認，這種描寫是很帶有性意識的。不過，山歌並不以此描寫爲滿足，而且深刻地將無情人之姐兒與牢房之人相提並論，進而說明了二十歲的

姐兒雖如花似玉，肌膚像冰雪一般，卻沒有情人相陪，更証明了其苦楚遠不在囚徒之下。因此，山歌在最後一句中，用比喻的手法，婉言勸解道：生炭上薰金熬壞子銀，吳地方言，伊，銀一音，也就是說別永遠這樣下去，會可惜了她那冰一樣的身子。其實，在這裡曲折婉轉地表現了女子懷春的情思。由此可見，性意識的描寫不是根本的目的，而是一種手段，是一種造成氣氛的特定需要，其目的在於反映創作者的思想意識。

二是談到女子的奶子。

卷一：「來一遭，摸一遭，看看短子布裙腰，只有孕字寫來弗好看，裡頭子大奶頭高。」這是一首動作性很強的山歌，它描寫了男女在熱戀之中過份親昵的舉動。歌中關鍵性的一個核心詞眼，在於女子的「奶頭高」。關於民間情歌中的奶子的描寫，不僅此一處，也不止是古代，即使現代搜集的大量眞摯感人的情歌亦不乏這樣描寫。之所以會有如此現象，這與男女青年情感上升有關。當話語已難以表達內心時，男青年注意女青年的敏感地帶——奶子已是一種自然現象。這裡既有生物因素，又有人的社會因素。有人認爲：「乳頭也是一個有出口的邊疆地帶和很重要的性觸覺的中心。這是不足爲奇的。因爲它根本和子女的養育及種族的繁衍有關，至於它和性的關係還是後來演變的結果。」〔註2〕這一句話多少有一定道理，那就是乳頭的注意，其歷史久遠。在原始部落裡，人們就很重視婦女的乳房，不過這時的注意，僅在於其是否具有較強的生育能力，隨著歷史的不斷演近，文明程度的提高，人們注意乳房已作爲一種性意識了。

三是性交描寫。

在《山歌》中，有大量是關於性交的描寫，正因爲這種緣故，此書只能作爲內部書籍出版發行。

這種現象絕非僅《山歌》之類的古書中有，還有大量的存在於民間，人們至今稱這種民歌叫葷山歌或葷歌等。當然這種葷歌亦不局限於描寫性交，而是凡男女之情超出一般正常情況的內容均包括在裡面。不過話又說回來，凡是這類情歌都字眞情切，大膽潑辣，毫無雕琢之痕。特別是性交方面的內容，尤其不乏精彩之作，充分表現了創作者的高度想像力和藝術創作才能。

性交方面的描寫，大都非常隱蔽、巧妙，而非直筆筆的粗拙的描寫，在一般情況下，都是通過比喻等藝術手法來進行的。

〔註2〕 見靄理士《性心理學》，潘光旦譯，商務印書館，1946年版，第38頁。

　　當然，其他的藝術手法是多種多樣的，既可避免粗俗，又能造成想像的天地，同時，也具有詩歌的韻味，這就是葷山歌之所以長期流傳，為人們津津樂道的根本原因之一。

　　間接暗喻性交。

> 昨夜同郎做一頭，
> 阿娘睏在腳跟頭，
> 姐道郎呀，揚子江當中盛飯輕輕哩介鏈，
> 鐵線身粗慢慢裡抽。（卷一）

這首山歌後兩句，就是表現性交時的女子緊張心情，因為阿娘睏在腳頭。所謂揚子江實際暗示女性生殖器，而鐵線則暗喻男性生殖器。這裡比喻不僅形象生動，而且將當時的緊張不安的心理活生生的表現出來。

　　直接用起興手法進行描述性交。

> 鐵店裡婆娘會打釘，
> 皂隸家婆會捉人，
> 外郎娘子會行房事，
> 染坊店裡會撇青。（卷四）

這是起興手法的歌謠，它通過鐵匠、皂隸、染坊的妻室的各自所長，說明了有外遇的女人會性交的事實。歌中起興自然妥貼，是直接描述的一種藝術手法。

　　用諧音手法來描述性交。

> 郎姓齊，姐姓齊，
> 贈嫁個丫頭也姓齊，
> 齊家囝兒嫁來齊家去，
> 半夜裡翻身齊對齊。
> 郎姓毛，姐姓毛，
> 贈嫁個丫毛也姓毛。
> 毛家囝兒嫁來毛家去，
> 半夜裡翻身毛對毛。（卷四）

這裡的諧音用得十分巧妙，而且恰到好處，兩段之間為層遞關係。上半段的齊可諧臍，故「齊對齊」，也是性交的動作。下半段的毛是指下身的陰毛，暗指生殖器，很顯然，所謂「毛對毛」，即指性交。如果說，上半段是性交的開

始，那麼下半段則是性交過程的情景。

「性交合大體是一種特殊的皮膚反射」〔註3〕，而毛髮則屬於皮膚一個組成部分。在這首山歌中，就用短短的文字形象地表現了對毛、臍特殊興趣，反映了強烈的性意識。

第二節　性意識的心理因素

產生性意識的心理因素，主要在於男女之間的性愛；以此作爲基礎，才有可能多層次的各種性意識。當然，藝術作品中的性意識除了與作品環境和人物相關，而且也能產生巨大感染去感染讀者，這是因爲性意識爲一般正常人所共有。如果作品中的性意識是虛假的，那麼也就不可能感染讀者。因爲作品中的心理在現實中是不存在的，所以一般人就無法體驗其中的心情了。

《山歌》中的心理狀態表現得眞實、樸素、惟妙惟肖，是現實生活中人物眞實心情的體現，其中絕大多數是反映女子在等郎盼郎時不安心情，尤爲動人、眞切。

> 姐兒心癢捉郎睄，
> 我郎君一到弗相饒。
> 船頭上火著直燒到船艙裡，
> 虧子我郎君搭救子我個觥。（卷一）

這首歌中的「癢」字寫得好，它表現了姐兒盼郎時渾身不安的心情，就像是身上有千萬隻虼蚤在爬。第二句更妙，將思念、愛慕郎君的心情噴泄而出，「郎君一到弗相饒」，也就是說要將等待時難忍、急切的心情都化爲「弗相饒」的舉止上；其實，並不會眞的給郎君一頓拳腳，即使動動手，也不過是愛昵的表現而已。後兩句比喻，更進一步闡明了郎君一來，搭救了那女人，使其欲火得以撲滅的心情。

《模擬》又是另一種心情的表現：

> 弗見子情人心裡酸，
> 用心模擬一般般，
> 閉子眼睛望空親個嘴，
> 接連叫句俏心肝。

〔註3〕靄理士《性心理學》，潘光旦譯，商務印書館，1946年版，第36頁。

如果說前面例舉的山歌是表現了女子等待時的急切心情，那麼這首山歌則表現了男子不見情人到來，只好模擬親嘴的心情。雖有些男子未能見到情人，但其並不甘心，「閉子眼睛望空親個嘴，接連叫句俏心肝」，以此來滿足一下自己的欲望，寫得活龍活現，使人叫絕不止。

《失寤》：

> 昨夜同郎説話長，
> 失寤直睏到大天光，
> 金瓶兒養魚無出路，
> 鴛鴦鴨蛋兩邊荒。

這是一首描寫女人與別的男人睡覺，一覺到天明時的緊張心情。這種心情的產生是很正常的，因為擔心私情被泄露出去。一旦私情揭穿，不僅他們再也不能往來了，而且名聲也會就此掃地，因此，作為一個封建社會中的普通女子勢必會被這種尷尬的局面感到不安。這種惶恐不安的心情表現得很有藝術性：一是用喻物歇後語，「金瓶兒養魚——無出路」，一是用諧音歇後語，「鴛鴦鴨蛋——兩邊朧（慌）」。這兩句歇後語一用，頓時將那女人神色慌張，舉足無措的心情表現無遺。

性意識作為一種心理活動，它是受社會、時代以及各種傳統的思想的影響。這些影響，對性意識的產生有著密切的關係。

卷二有首山歌《春畫》就是說外界的文藝作品對於性意識產生的決定作用。「姐兒房裡眼摩娑，偶然看著子介本春畫子滿身酥，個樣出套風流家數齊有來奴肚裡，郎得我郎來依樣做介個活春圖。」所謂春圖，就是描繪男女性交的一種圖冊。這種圖冊中的人物大都赤身裸體，很能引起男女青年之春情萌發。這種喜歡看性戀的心情，心理學上稱為「性景戀」，只要不到一個非看不可的程度，都屬正常自然的。在沒有現代化影視手段之前，畫冊、文字、小說就成了性景戀的主要對象。這是因為青年男女都有探求性知識方面的要求和心理，一旦接觸到這類性戀方面的東西，就會產生性意識。對於有了情人的男女青年來說，他們的要求和想法就更進一步了。《春畫》山歌就表現了這一方面的內容和思想。

另外，傳統的思想意識對於性心理同樣有很重要的影響。

《老公小》：

> 老公小，逼疸疸，

　　　　馬大身高郎亨騎，

　　　　小船上櫓人搖子大船上櫓，

　　　　正要推板忒子臍。（卷三）

「逼疽疽」，馮夢龍注「吳語小貌。」這裡同義反覆說明了「老公小」。第二句「馬大身高郎亨騎」，很顯然說的是女子自己。這裡也就是說那女子是用馬來暗示的。爲什麼女子和馬有聯繫呢？其中有較深遠的民俗傳統，關於這一點，已有文章進行詳証〔註4〕，在此就不贅述，我所要說的在明代的確存在這種說法。

　　明‧張岱《陶庵夢憶》卷五《揚州瘦馬》云：「揚州人日食於瘦馬之身者，數十百人。娶妾者切勿露意，稍透消息，牙婆且儈，咸集其門，如蠅附膻，撩撲不去。黎明，即促之出門，媒人先到者先挾之去，其餘尾其後，接踵伺之。至瘦馬家，坐定，進茶，牙婆扶瘦馬出，曰：『姑娘拜客！』下拜。曰：『姑娘往上走！』走。曰：『姑娘轉身！』轉身向明立，面出。曰：『姑娘借手瞧瞧！』盡其裷袂，手出，臂出，膚亦出。曰：『姑娘幾歲了？』曰幾歲，聲出。曰：『姑娘再走走！』以手拉其裙，趾出。然看趾有法，凡出門裙幅先響者，必大；高繫其裙，人未出而趾先出者，必小。曰：『姑娘請回！』一人進，一人又出。看一家必五六人，咸如之。看中者，出錢數百文賞牙婆，或賞其家侍婢，又去看。牙婆倦，又有數牙婆踵伺之。」

　　由此看來，女子以馬自喻，並非山歌中偶然現象，而是當時傳統民俗心理的一種自然流露。

　　此外，民俗傳統對性意識的影響，還表現在對「鞋」的看法上。關於鞋子所反映出了性意識，我在《〈孟姜女〉之悲劇心理》一文中已經提出過，在1986年孟姜女學術討論會上，有人提出不同看法，認爲此提法有勉強。如今我們在《山歌》中又發現不少關於鞋的不同描寫，它又強証了我的觀點。

　　卷一：「眞當騷，眞當騷，大門前冷眼捉人瞧。姐兒好像杭州一雙木拖隨人套，我情郎好像舊相知飯店弗俏招。」（第一首）

　　卷一：「娘又乖，姐又乖，吃娘捉個石灰滿房篩。小奴奴挵得駄郎上床駄下地，兩人合著一雙鞋。」（第二首）

　　卷一：「搭識子私情雪裡來，屋邊頭個腳跡有人猜。三個銅錢買雙草鞋我

〔註4〕龔維英《馬之隱義抉微》，見《民間文藝集刊》第六期，上海文藝出版社，1984年版。

裡情哥郎顛倒著，只猜去了弗猜來。」（第三首）

　　卷十：「青緞鞋兒綠緞鑲，千針萬線結成雙，買尺白綾來舖底，只要我郎來上幫，心肝莫說短和長。」（第四首）

　　如此等等的例子還有一些，其中卷九中的《鞋子》就是一首長歌。即便這些例子中，有布鞋、草鞋，還有木拖鞋。這些鞋子深深地打上性意識的烙印。第一首用木拖鞋比喻風騷的女子，是再恰當不過的了。第二首表現女子不怕娘來干擾的決心，用合穿一雙鞋來描述，是別有用心的。第三首用鞋鞋來迷惑外人，顯然有濃厚的性意識隱藏其中。第四首用做鞋來表達男女之間的堅貞愛情，也是無可非議的。

　　在我國封建時代，足戀是很普遍的，如「三寸金蓮」這樣的讚美詞，沒有足戀作為心理基礎是不可能產生的，也不可能用這樣一種畸形的審美意識統治民眾心理千百年。與足戀相聯繫的是鞋戀，在不少的男子中間，「女人的足部與鞋子依然是最值得留戀的東西」〔註5〕為什麼會產生這樣一種鞋戀的心理呢？我覺得，首先，是與鞋子的製作者有關。在大機器生產前，鞋子的製作為婦女的專有權，因此戀愛時，男子就出現了愛鳥及屋的感情，隨著時間的推移，原先的那一層意義逐漸為人忘記了，僅僅把戀愛時對鞋子的偏好留了下來，這就造成了許多人疑惑不解的一個原因。其次，在我國又多講諧音，而鞋與「諧」相近，因此造成了人們在戀愛時對鞋的特殊興趣。中國人的傳統習慣認為，婚後，應該家庭和睦，相敬如賓，百年和好，因此，婚前注意對含有「和諧」寓意的鞋子的注意，就是理所當然的了。至今農村中還保存著姑娘為戀人做鞋送鞋的風俗，可視為這種心理的延續。

第三節　性意識的社會基礎

　　《山歌》中之所以大量的反映描寫男女私情的歌謠，是有其一定的社會基礎的。

　　這種社會基礎，首先表現在發達的經濟。明代的江南一帶已形成發達的手工業基地。當時除絲織品集中於蘇、杭二州外，棉織品卻以松江為最。松江地區出產的棉布，全國馳名，特別是城鎮居民，大都依賴於棉紡織業維持生活，「所出布匹，日以萬計」，當時就有這樣一句諺語：「買不盡松江布，收

〔註 5〕見靄理士《性心理學》，潘光旦譯，商務印書館，1946 年版，第 160 頁。

不盡魏塘紗。」（魏塘，即指浙江嘉善魏塘鎮）〔註6〕吳江的盛澤鎮，爲縣丞駐地，商業繁華，人口密集。吳江黃溪鎮的織工，常常聚於長春、泰安二橋，以備雇傭。這就是爲帳房或機戶雇傭的臨時工人。〔註7〕

　　由於經濟發達，出現商業中心——城鎮，城鎮裡有了市民階層，這些市民就是山歌的基本作者和歌者。他們既是城鎮裡的居民，又有農村經濟的種種反映，因此唱山歌表現愛情，就顯得大膽、爽快而毫無顧忌。靄理士認爲：「在文明狀態中，懶惰、奢侈，以及過度的溫飽，已經使性慾的發作來得特別容易，積欲的過程來得特別短促，以致求愛的現象變成一種不關宏旨的勾當。」〔註8〕此話有一定道理。而明代江南一帶的市民還在很大程度上受到農村經濟的制約，因此就決定了他們既有強烈鮮明的市民的思想意識，又有種種小農經濟的一些痕跡，這是難免的。

　　由於經濟的高度發展，也將城鎮的風俗爲之一變。明·范濂《雲間據目抄》卷二記載：「松郡雖淫靡，向來未有女幫閒名色。」言下之意，就承認了松江一帶風俗是淫靡的。明許自昌《樗齋漫錄》卷十二也記載：吳中薄俗，奸究百出，而無所稱無天理沒良心，無如人命一事矣。由此可見，純樸的鄉風民風至此刻已變得面目全非。也正是這種風俗中，才能產生那種大膽狂熱的性心理，山歌中也才能出現多層次的性意識，難怪馮夢龍在《敘山歌》大聲叫道：「今所盛行者，皆私情譜耳。」

　　關於山歌性意識產生的社會基礎，還有一些，如傳統的民歌心理、當時文壇的頹廢、地域本身的特點等等，在此從略。

〔註6〕　《明清社會經濟史論稿》，中州古籍出版社，1984年版，第150、212頁。
〔註7〕　《明清社會經濟史論稿》，中州古籍出版社，1984年版，第150、212頁。
〔註8〕　《性心理學》，潘光旦譯，商務印書館，1946年，第25頁。

第十三章　吳歌情感論

　　有的學者認爲，人類語言的出現，是情感交流的產物，即使人們處在特殊的情況下，不用語言來交流，也可用手勢來相互交談，例如不同部族的印第安人彼此不懂交談對方的有聲語言的任何一個詞，卻能夠借助手勢、頭和腳的動作彼此交談、閒扯和講各種故事達半日之久。〔註1〕沒有情感的交匯、接觸，是難以想像的。歌謠是語言誕生之後表達人的情感的工具，也是人們相互了解、溝通的必不可少的手段，換句話來說，歌謠脫離不了情感這一最基本的領地。

第一節　歷史與吳歌情感

　　《呂氏春秋‧音初》記載：「凡音者，產乎人心者也。感於心則蕩乎音，音感於外而化乎內，是故聞其聲而知其風，察其風而知其志，觀其志而知其德。盛衰、賢不肖、君子小人皆形於樂，不可隱匿，故曰樂之爲觀也深矣。」正因爲民歌是心靈的聲音，所以可以從中發現各種眞誠的思想品德。《呂氏春秋》就是基於這種思想而闡述上面這番話的。

　　流傳於江浙滬一帶的吳歌屬歌謠之一種，它的產生同樣與人的情感表達直接相關。此外，其形式、語言也都是與吳人具備的氣質、情調等心理因素相一致的。更確切地說，吳歌之所以與其他地區的歌謠不甚相同，有自己獨特的風格、藝術特質的表述方式，乃是由吳人的心理感受和藝術趣味所造成的。

〔註 1〕〔法〕列維——布留布：《原始思維》，商務印書館，1985 年版，第 153 頁。

在談歌謠情感時，主要以吳地民歌（亦稱吳歌）爲例。

我們知道，歌謠無定律，一般都根據當地當時的情景，直抒心懷，也不太講究格律之類。吳歌同樣有此特點，這反映了吳歌質樸、大方的藝術風格。

徐渭《南詞敘錄》說：「夫南曲本市里之談，即如今吳下《山歌》、北方《山坡羊》，何處求取宮調？必欲宮調，則當取宋之《絕妙詞選》，逐一按出宮商，乃是高見。」﹝註2﹞在這裡，一方面說明了南曲與吳歌有淵源的關係，另一方面也說明了吳歌一般不太講究宮調、節奏，只要順口能唱即可。在其他地方的歌謠，大多爲四句七字式，這是現代歌謠的普遍格律。從民歌發展史來看，漢族歌謠都比較工整，講究節奏的嚴謹，注重字句一律。例如《國風》中的歌謠大多爲四字式，雖每首民歌句子多寡不一，但一般都以四字爲一句的，其基本韻律是兩字一節奏，全句爲兩個節奏。如《詩經·周南·關雎》中「關關雎鳩，在河之洲。窈窕淑女，君子好逑。」在這裡，很明顯地表現出早期歌謠的基本特徵。隨著歷史的發展，人的表達能力增強，語言豐富了，情感也更爲細膩，歌謠的形式便產生了變化，從四字式到五字式，再發展到七字式。到了這個階段，歌謠形式就基本定型了，特別是四句七字式的形式被固定下來，成了一種程式化的軀體，任何一種情感的語言表達，均可以套入其中。當然，幅員遼闊、民族眾多的國土上還存在著其他的一些歌謠形式，但從整體上來說，四句七字式的形式在歌謠中是占絕對優勢的，無論從其歷史來說，還是就其影響而論，這一形式都是壓倒多數的。

在吳語地區，四句七字式歌謠亦有一定數量的存在，但還有一種較爲自由散漫的歌謠形式存在，那就是口語性的表達方式。也就是說，吳歌的演唱一般以夾唱夾說的形式出現，其語言多爲口語，並糅合了許多襯詞，這樣歌唱起來較爲自由，也就能更好地表達內心的思想感情。

正由於吳歌的句子較長、節奏自由，勢必產生自由、婉轉的風格。宋《邵氏聞見後錄》卷十九記載：

> 夔州營妓爲喻迪孺扣銅盤，歌劉尚書《竹枝詞》九解，尚有當時含思宛轉之艷，他妓者皆不能也。迪孺云：「歐陽詹爲並州妓賦『高城已不見，況乃城中人』詩，今其家尚爲妓，詹詩本亦尚在。

﹝註2﹞〔明〕徐渭著，李復波、熊澄宇注釋：《南詞敘錄注釋》，中國戲劇出版社，1989年版，第25頁。

妓家夔州，其先必事劉尚書者，故獨能傳當時之聲也。」〔註3〕

唐劉禹錫（尚書）的《竹枝詞》是模仿巴渝一帶的民歌寫成的，它的風格頗似吳歌。他在《竹枝詞》序中說：「歲正月，余來建平，里中兒聯歌《竹枝》，吹短笛擊鼓以赴節。歌者揚袂睢舞，以曲多爲賢。聆其音，中黃鐘之羽，卒章激訐如吳聲，雖傖伫不可分，而含思宛轉，有淇澳（一作濮）之艷。」這裡所說的《竹枝詞》與長江下游地區的吳歌很相似，換言之，吳歌與這首《竹枝詞》一樣「含思婉轉，有淇澳之艷」。「淇澳之艷」，是對吳歌內容而言，「含思宛轉」，則指吳歌表現的情感。歷史上出現的《子夜歌》、《鳳將雛》、《歡聞》、《團扇》、《懊儂》、《六變》、《督護》、《讀曲》等等，都是一種情感深切、動人委婉的吳歌。

自晉宋以來，吳歌盛行朝野，「其聲漸盛，纏綿婉媚，流連哀思，足以動搖人心，士大夫多好之，遂有效其體者，王獻之作《桃葉歌》，孫綽作《碧玉歌》，皆其証也。宋鮑照……獨喜吳歌，時仿爲之，有《吳歌》三首、《採菱歌》七首、《幽蘭》五首，其《中興歌》十首，亦仿《子夜》體，並喜作四句小詩……當時與鮑氏同聲相應者有惠休」。〔註4〕這些情況表明，吳歌在內容和形式兩個方面都感染了那些自命清高的士大夫。他們所以「好之」，其中必有情感的溝通，這也就是說吳歌所反映的思想感情，與那些熟讀了詩書的文人騷客在某些方面獲得了一致，取得了共鳴。如果沒有這種內在的情感交流和默契，是不可能產生大批仿吳歌作品的。

從某種意義上來說，流傳於江南地區的吳語歌謠婉轉、舒暢、動人、質樸，能夠直抒胸懷，唱出自己最動情的思想，因此也最容易感染人，創造出較爲高超的藝術效果。這樣一來，就使過去整天沉湎於毫無生氣的宮廷音樂之中的封建官僚們爲之一振，迅速取來，爲他們所用。如此，吳歌便從民間來到宮殿之上，成了新的音樂，爲官僚們服務。

《南史》卷六十《徐勉傳》記載：「普通末，武帝自算擇後宮『吳聲』、『西曲』女妓各一部，並華少，賚勉。」此段譯成現代漢語，那就是南朝梁普通末年（527），武帝自己挑選後宮「吳聲」、「西曲」的女樂伎各一部，都是年輕美貌的，賞賜給徐勉。從這裡，我們亦可以看出，在梁武帝的後宮裡有一

〔註3〕 〔宋〕邵博：《邵氏聞見後錄》卷十九，中華書局，1983年版，第151頁。
〔註4〕 繆鉞：《詩詞散論，六朝五言詩之流變》，上海古籍出版社，1982年版，第16頁。

專門演唱「吳聲」的女樂伎。這種女樂伎是深受最高統治者喜歡的，是宮廷音樂中受到寵愛的部伎，正因爲如此，才可能將她們作爲賞賜的禮物送給高級官僚，以示皇帝的恩澤。由此可以想像，在一些官僚家中也會有會唱「吳聲」歌曲的私家女樂人。這一方面說明了當時吳歌的強大聲勢，另一方面也說明這種吳歌盛行於朝野的狀況與統治階級的大力推荐是分不開的。

據《晉書》卷二十三《樂志下》載：當時「吳歌雜曲並出江南，東晉以來，稍有增廣」。《宋書》卷十九《樂志一》亦有與此相似的記載：「吳哥（按：通『歌』）雜曲並出江東，晉宋以來，稍有增廣。」爲什麼會造成這種局面，這主要與江南（或江東）的地理環境有密切的關係。東漢末年，群雄爭霸，戰爭頻繁的地區主要在中原，江南（或江東）憑借長江天塹，戰爭烽火未能燒及，相對平靜，人民安居樂業。另外，南朝的富庶地區當推揚州等地。據《宋書・沈縣慶傳》說：「江南之爲國盛矣，雖南包象浦，西括邛山，至於外奉貢賦，內充府實，止於荊揚二州。」正由於有這樣一種社會環境和自然環境，就自然而然地出現了用歌來表達心情的情況，又因生活較爲安逸，其歌也比較抒情、優美。

第二節　自然環境與吳歌情感

在自然環境與民間歌謠的關係上，我們還會發現這樣一個現象，那就是哪裡的山水秀美，哪裡的歌謠亦美，反之，哪裡的山水缺少特色，哪裡的歌謠亦顯得一般。山清水秀的地方，其歌謠一定是抒情的，表現了青山秀水對人的心靈作用，這種賞心悅目的自然風景造就了自由寫意的歌謠曲調；相反的，若是窮山惡水的地方，其歌謠勢必是聲嘶力竭的、高亢激昂的，表現了不耐煩的暴躁情緒。一般而言，水鄉的歌謠要比山裡的歌謠來得細膩，水邊產生的歌謠要比沙漠邊的歌謠更富意味。吳歌也逃脫不了這種規律。

以蘇州爲中心的吳語地區，是一港汊交錯、景致秀麗的富裕之鄉，由之而產生了與此相應的甜糯優美的吳聲歌謠。

唐・沈亞之《歌者叶記》附記引宋新《吳歌記》曰：

> 吳歌自古絕唱，至今未亡，余少時頗聞其概。曾歷年奔走四方，
> 乙未孟夏返道姑胥，蒼頭七八輩，皆善吳歌，因以酒誘之，述歌五
> 六百首。其敘事陳情，寓言布景，摘天地之短長，測風月之淺深，

狀鳥奮而議魚潛，惜草明而商花吐，夢寐不能擬幻，鬼神無所伸靈。
令帝王失尊於談笑，古今立息於須臾，皆文人騷士所嚙指斷鬚而不
得者。乃女紅田畯，以無心得之於口吻之間，豈非天地之元聲，匹
夫匹婦所與能者乎？時乎太白樂府，不覺墮地。以余之癖於論文，
太白之善於奇句，乃奪於倫父之肉音，非至和之感人，則不肖之無
識，太白之無才，必有所歸矣。

這裡，作者對吳歌竭盡讚美之詞，早在唐代就有這樣的有識之士，不可謂沒
有超俗的見解和驚世的言辭。總之，這段話共表達了四層意思：一是吳歌到
唐代依然盛行不衰；二是吳歌之藝術堪稱卓絕；三是吳歌是勞動者藝術天才
的展現；四是李白之輩亦未能超之。

在這中間，關鍵之句在於：「女紅田畯，以無心得之於口吻之間。豈非天
地之元聲，匹夫匹婦所與能者乎？」這也就是說吳歌雖非勞動者刻意所得，
而是真實情感的流露。正由於如此，作者不得不驚呼勞動者真能唱出「天地
之元聲」啊！

此外，情感與吳語亦有很大關係。宋新《吳歌記》又說：

　　吳音之微而婉，易以移情而動魄也。音尚清而忌重，尚亮而忌
　　澀，尚潤而忌燥，尚筒捷而忌漫衍，尚節奏而忌平鋪。有新腔而無
　　定板，有緣聲而無訛字，有飛度而無稽留。

吳歌細膩、婉約、悠揚、清新的特點與吳語的關係甚大，這是顯而易見的，
然而吳音與情感相聯繫，就不那麼引人注意。《吳歌記》談及了這一點，是很
有見地的。在這裡，古人早就從語音的角度談到了吳歌情感問題。如今，人
們在聽吳歌演唱時，還會發現這一點，由於吳語的發音軟糯，因而造成了歌
謠感情真摯、細膩、委婉的藝術效果，這是一個顯而易見的事實。

情感是一綜合性的詞眼，包括人的各種喜怒哀樂。反映情感的吳歌中，
當然亦有各種酸甜苦辣寓於其中。就目前調查而言，吳歌中有不少是情歌，
有的已超出一般情愛的範疇，成了淫褻性的歌謠了。馮夢龍搜集整理的《山
歌》、《掛枝兒》、《白雲遺音》等，就有大量的淫穢吳歌。應該看到，馮夢龍
搜集時有其一定局限的，偏重於當時情歌和淫靡小調；另一方面亦說明了明
代江南一帶這類吳歌如此之多，可能達到了難以想像的地步。

明顧起元《客座贅語》卷九記載：

　　里衖童孺婦媼之所喜聞者，舊惟有《傍妝臺》、《駐雲飛》、《耍

孩兒》、《皂羅袍》、《醉太平》、《西江月》諸小令，其後益以《河西
六娘子》、《鬧五更》、《羅江怨》、《山坡羊》。《山坡羊》有沉水調，
有數落，已爲淫靡矣。後又有《桐城歌》、《掛枝兒》、《乾荷葉》、
《打棗乾》等，雖音節皆仿前譜，而其語益爲淫靡，其音亦如之。
視桑間濮上之音，又不翅相去千里。誨淫導欲，亦非盛世所宜有
也。〔註5〕

如此之眾的童孺婦嫗喜歡唱淫靡山歌、小曲，這說明由當時風俗所致。吳語
地區在明代商品經濟已十分發達，人們不再爲生計日夜謀劃，因此有時間去
尋求情欲的發泄，而情歌則是表達這種情感的最好辦法。於是，這種桑間濮
上之歌謠盛行於世，成爲人們經常吟唱的對象：如此風氣，又創作了許多新
的淫穢歌謠來滿足人們的需要。正是這兩方面的原因，形成了明代淫靡山歌、
時調、小曲的強大陣勢，造就了一代代人人競唱《掛枝兒》之類的充滿情欲
歌謠的風習。

　　關於這一點，明代范濂的《雲間據目抄》卷二《記風俗》中有文字可以
說明：

　　　　歌謠詞曲，自古有之。惟吾松近年特甚，凡朋輩諧謔，及府縣
　　士大夫舉措，稍有乖張，即綴成歌謠之類，傳播人口，而七字件尤
　　多，至欺誑人處，必曰風雲；而里中惡少，燕閒必群唱《銀絞絲》、
　　《乾荷葉》、《打棗乾》，竟不知此風從何而起也。

從這裡，我們可以清楚地看到，在明代，歌謠不僅爲一般勞動者所唱，那些
士大夫、里中惡少也都以演唱俗曲、小調爲時髦。如此一來，勢必爲淫靡歌
謠的廣泛傳播起到了推波助瀾的作用。對於如此龐大的演唱隊伍，如此眾多
豐富的民間歌謠，范濂感到困惑，不得其解。其實，之所以造成這種風俗，
是因爲有兩個原因：一是民間的確有那麼豐富、絢麗的歌謠；二是這些歌謠
是眞摯情感的自然流露，毫無矯揉造作之態，特別是一些情歌，更是嬉笑自
如，洋洋洒洒，敢喜敢愛，充分體現了內心的情感。正是在這種情況下，里
中惡少才「群唱」各種歌謠，借以發泄自己的情慾。

　　到了清代，這種市井有閒之人大唱色情、淫穢歌謠的風氣依然不減，以
致政府不得不出告示，明令禁止這種風俗。清代余治《得一錄》卷十一之一
《勸收毀小本淫詞唱片啓》記載：

────────────

〔註5〕　〔明〕顧起元：《客座贅語》卷九《俚曲》，中華書局，1987年版，第302頁。

　　　　近時又有一種山歌、小唱、灘簧、時調，多繫男女苟合之事。
　　有識者不值一笑，而輾轉刊板，各處風行，價值無多，貨賣最易，
　　幾於家有是書。少年子弟，略識數字，即能唱說。鄉間男女雜處，
　　狂蕩之徒即借此爲勾引之具，甚至閨門秀緩亦樂聞之，廉恥盡喪，
　　而其害乃不可問矣。

在這段文字之後，作者還列出了一批淫藝歌謠、俗曲的名單：「《新滿江紅》、《倭袍唐詩》、《門依欄杆》、《王文賞月》、《堂名攤頭》、《姑嫂開心》、《姑蘇攤頭》、《四季相思》、《公偷媳婦》、《情女望郎》、《五更十送》、《送花樓會》、《小板梢》、《十八摸》、《鬧五更》、《湘江浪》、《十弗攀》、《哈哈調》、《楊柳青》、《小郎兒》、《姨娘嘆》、《九連環》、《長生歌》、《男風化》、《女風化》、《雌趕雄》、《武鮮化〔花〕》、《繡荷包》、《紅繡鞋》、《十不許》、《白洋洋》、《新碼頭》、《賣草囤》、《暗偷情》、《琴挑》、《偷詩》、《蕩河船前本》、《蕩河船山歌》、《蕩河船叫船》、《蕩河船賣布》、《蕩河船小板梢》、《落庵哈哈調》、《十二月花名》、《搭腳娘姨攤頭》、《唱說拔蘭花》、《來富唱山歌》、《男女哭沉香》、《情女哭沉香》、《繡花繃算命》、《好一朵鮮花》、《王大娘補缸》、《文必正樓會》、《趙聖關山歌全傳》、《王小姐賣胭脂》、《小尼姑下山》、《文必正送花》、《三戲白牡丹》。」

　　據當時法規規定，以上各種歌謠唱本，「不許沿街擺賣。此外名目尚多，不能備載，望各自行檢點，有語涉淫藝者，一並送局焚毀」，另外，對私刻自印此類歌謠唱本者，一經查出，立刻送官重辦。然而，即使如此之嚴令，亦無法禁止這些歌謠的傳播。至今，我們還可以搜集到《十八摸》、《十二月花名》、《賣胭脂》之類的歌謠。

　　其實，清代所說的「淫藝歌謠」，並不完全是那種徹頭徹尾的發泄情欲的色情歌謠，還包括在整首歌中有那麼一段敘述男女之愛的內容，可能後者還居多。

　　我們舉阿英搜集的《花錦城趙聖關山歌刻傳》爲例。整首山歌兩千幾百行，敘述男歡女愛的只有那麼一小段：「《上樓奴歡》一節，詳述兩人相見經過和一夜床第間的事。關於這一部分，作者似乎用了很大的力量，很猥藝的寫，一共有七十二句。」〔註6〕在這裡，七十二句與兩千多句相比較，顯然只有三十分之一，占據很小的一部分。然而就是這樣一首歌謠，亦遭到了

────────────

〔註 6〕阿英：《彈調小說評考》，中華書局，1937 年版，第 89 頁。

禁止。

也許有人會認為，歌謠在描寫上或有色情挑逗人的地方，其實並非如此。歌謠從譙樓打一更初，兩人席上抽身，「雙手挽郎歸羅帳」，一直寫到「一更過，二更連」，「杜鵑枝上月三更」，「子規啼出四更天」，「五更雞叫到天明」，「金雞叫出扶桑日」止，寫作的方法部分也用隱喻，如「好像輪子金香滾繡球」、「好像秀才中舉立牌坊」、「青蛇脫殼滿床游」、「紅蜻蜓點水螞蟥游」等等，寫林小姐對趙聖關的愛也用隱喻，如「看見青春年少郎，小娘肚裡好犧惶，好似姜太公釣魚坐在江邊上，不知何年何月遇文王」。兩人的做愛描寫，大致如此。〔註7〕

在吳語歌謠中，關於情欲的描寫，除了有賦的手法，絕大多數情況下是用比的手法。此比為暗比，亦如阿英所說的隱喻，有時為了充分表達情感，不惜重墨，一連用幾個比喻來加強。

暗比的出現是封建禮教和社會道德對人的情感限制的結果。人們為了符合社會道德，遵守封建禮教，在歌謠中就採用這種暗喻的方法來發洩內心的情感，獲得心理上的平衡。逐漸地，這種暗比就成了一種歌謠的藝術表現手法，而暗比的內容也開始公式化，暗比的對象成為大家共同接受的東西。〔註8〕

即使是這樣，《花錦城趙聖關山歌刻傳》依然逃脫不了被禁的命運，因為男女之欲舊時一向被認為是傷風敗俗，而「淫穢之詞，移人最捷」，所以政府一禁再禁，生怕有傷風化。正因如此，一些涉及男女愛情的歌謠遭到嚴禁就在所難免了。

不過，情歌是禁止不住的，一旦時機成熟，那些歌頌男女愛情的歌謠還將風行於世。到清末民國時期，各種小調更是盛行於街頭巷尾，成為幾乎人人都會吟唱的歌謠。「小調中的情歌，種類最多，差不多是小調的主體。這也可分為兩類：其一是戀歌，就如《知心客》、《五更調》、《九連環》、《四季相思》等歌；其二是悼歌，就如《孟姜女》、《哭七七》、《哭小郎》、《十望郎》、《上新墳》等歌。這些情歌不但在大街小巷裡可以聽到，也是在歌伎方面可以聽得的。」〔註9〕人們在研究這種小調後，發現其有四大特點：一是含有赤

〔註7〕　《彈調小說評考》，第89頁。

〔註8〕　參見《彈調小說評考》，第89頁。

〔註9〕　《藝術三家言》中卷《小調》，上海良友圖書印刷公司，1927年版，第141頁。

裸的熱情，二是保存了不少的方言，三是含有極濃厚的地方色彩，四是大膽的現實生活描寫。〔註 10〕在這裡，我們可以看到，赤裸的熱情是情歌的第一要素，沒有情感的爆發就沒有情歌的出現。在現實生活中，戀愛中的男女感情最爲豐富、充沛，正因爲如此，我們就不難解釋情歌爲什麼情感色彩最爲濃烈，情歌爲什麼比其地歌謠形式不僅數量多而且傳唱不衰。

第三節　吳歌情感之延續

在我國戲劇史上，特別是戲劇的萌芽階段，出現了不少利用吳歌改編成戲曲的現象。爲什麼會出現這種現象呢？這主要是因爲一般歌謠已無法滿足人們心理上和情感上的需要，即使是長歌也只能部分地彌補某種情感的發揮。從審美者的角度來看，人們長期沉湎於一種似曾相識的聽覺形象，已不滿足了，而需要新的視覺形象來加以補充，然而當時又無其他東西可以替代，於是就用有情節性的歌謠來進行演出，這就成了最早的戲劇節目。

用吳歌來演出戲劇的記載在明代就已存在了。明人張瀚《松窗夢語·風俗紀》云：

> 東坡謂：「其民老死不識兵革，四時嬉遊歌舞之聲至今不衰。」夫古稱吳歌，所從來久遠，至今遊惰之人樂爲優俳。二三十年間，富貴家出金帛，製服飾、器具，列笙歌鼓吹，招至十餘人爲隊，搬演傳奇。好事者竞爲淫麗之詞，轉相唱和，一郡城之內衣食於此者，不知幾千人矣。人情以放蕩爲快，世風以侈靡相高，雖逾制犯禁，不知忌也。〔註 11〕

這段文字基本有兩層意思：一是富貴人家起用會唱吳歌的人來演傳奇，二是所唱之詞大多爲淫麗、放蕩的內容。這兩層意思與吳歌有著非常直接的淵源關係，也就是說，吳歌是產生傳奇的基礎，這不僅表現在故事內容方面，而且表現在曲調方面。

清人錢學綸《語新》卷下記載：

> 花鼓戲不知始於何時，其初乞丐爲之，今沿城鄉搭棚唱演，淫俚歌謠，醜態惡狀，儼然視好，殊可大噱。

〔註 10〕　參見《藝術三家言》中卷《小調》，第 143～145 頁。
〔註 11〕　〔明〕張瀚：《松窗夢語》卷七《風俗紀》，上海古籍出版社，1986 年版，第 122～123 頁。

這裡說的是當時松江一帶的情況。花鼓戲在早期與民歌的關係十分密切，不僅如此，更為人重視的是戲劇的出現與淫俚歌謠有直接的承繼關係。為什麼會這樣呢？這是因為民歌的演唱是為發泄自己內心的情感，不管有無對象，只要唱一陣，就可達到抒發感情的目的；而戲劇的演唱一般都有功利的目的，需要有眾多的觀眾，要吸引住他們，就需要用最能反映其情感的東西，這東西就是民眾中廣為傳播的淫俚歌謠。由於這類民歌人們非常熟悉，再加上簡單的情節性表演，往往能引起普通大眾的審美興趣。

清人諸聯《明齋小識》卷九記載了花鼓戲盛行於民間的情形：

> 花鼓戲傳未三十年，而變者屢矣。始以男，繼以女；始以日，繼以夜；始於鄉野，繼以鎮市；始盛於村俗農氓，繼沿於紈綺子弟。胡琴弦子，儼號官商，淫婦姦夫，居然腳色，戲場中演出怪怪奇奇之陣，而海濱逐臭之夫，或集詩歌相贈，假日多情，斯文掃地矣。

《得一錄》卷十一之二《禁止花鼓串客戲議》亦記載：

> 近日民間惡俗，其最足以導淫傷化者，莫如花鼓淫戲（吳俗名灘簧，楚中名對對戲，寧波名串客班，江西名三腳班）。所演者，類皆鑽穴逾牆之事，言詞粗穢，煽動尤多。夫床第之言不逾閾，中冓之言醜不可道，一自當場演出，萬眾齊觀，淫態淫聲，蕩魂攝魄，當此而能漠然不動等諸過眼雲烟者，有幾人乎？少年情竇初開，操持未定，鑿開混沌，一決難防，從此斲喪眞元，沉酣欲海，背其父母，狎及奴婢，病從此生，身從此殞，為害已不可問矣。況鄉間耳目逼近，高臺演唱，男婦紛來，習以為常，恬不為怪，演者盡情摩繪，無非密約幽期，觀者注目流連，暗動癡情幻想，遂至寡婦失節，閨女喪貞，桑濮成風，變端百出，流毒更何忍言哉！

《明齋小識》敘述了花鼓戲的發展歷程，《得一錄》敘述了花鼓戲的危害。兩者所述內容雖不相同，但反映了同一個意思，那就是來自民間、起源於歌謠的花鼓戲深受人們喜歡。它那種「淫態淫聲，蕩魂攝魄」的色情戲劇，同樣擁有大量觀眾。因為這時的花鼓戲是粗俗的、貼近生活的、與眾人所熟知的，所以達到了觀眾心靈上的溝通，成為一種間接的情感宣泄的機會；同時亦應看到這種情感是一種情欲，其表現為男女之愛，因此在色情的花鼓戲的繡惑下，往往會有傷風化。如此一來，勢必與封建主義的道德觀相違背，所以《上

海道通飭示禁淫戲頒發永禁碑式》中有這樣的文字：「至花鼓淫戲，本干例禁，班內男女混雜，向後苟且曖昧之防，一切事情，何堪聞問。演之者圖誘人聚睹，尤爲風俗人心之害。去年業經通飭嚴禁，茲本道訪聞此風仍未盡絕，各處多有演唱，自應一體嚴加示禁，以正人心而端風俗。」〔註12〕

如此嚴禁，並未將這類戲劇禁掉，反而愈演愈烈。「特近世習俗移人，每逢觀劇，往往喜點風流淫戲，以相取樂。不知淫戲一演，戲臺下有數千百老少男女環睹群聽」，〔註13〕就是人們心態和情感的集中表現。另外，淫戲與淫俚歌謠有千絲萬縷的聯繫，淫俚歌謠一天不滅，淫戲就不可能沒有觀眾；再說淫俚歌謠是民間文化的很重要的一個組成部分，不會輕易消失，而在此基礎上發展起來的淫戲，當然也就會蓬勃興旺。關於這一點，明清歌謠史和戲劇史的有關材料足以說明了。

筆者用如此篇幅，所要論証的就是這樣一種觀點：吳歌和其他歌謠形式一樣，都是人民群眾心聲的眞實反映、情感的自然流露，而那些淫俚歌謠同樣是人民群眾情感的流露和反映。因此我們在論述吳歌情感問題時，棄此則無法概括出歌謠之全貌，故有必要對這一問題加以認眞、深刻的研究，以求得對吳歌的全面認識。

〔註12〕《得一錄》卷十一之二。
〔註13〕《得一錄》卷十一之二《翼化堂條約》。

第十四章　花的吳歌休閒研究

　　花是大自然的尤物，是燦爛美麗的象徵，能激起人們美好的遐想，同時，它還點綴著現實生活。在節日或生日以及人們日常交往中，花更能增添幾刀喜慶的氣氛。那一株株、一簇簇的花，紅黃相映，爭奇鬥艷，成了人們生活不可缺少的一部分。

　　花不僅出現在人們日常生活中，而且在各種藝術創作中成爲競相表現、不斷讚頌的對象。同樣，在數百年以來的吳歌中，可以看到各種形態的花以及由此表現出來的文化現象，透過這一文化現象，就能發現散發著浪漫色彩的花，早與勞動者的生活聯繫起來，並成爲他們表現心理、情感、愛情、友誼的象徵。

第一節　花的語言

　　花語，就是花所表達的語言，它是無聲的，卻是人們常將自己的情感、思想附會在花上，並根據花的形態、色彩注入一定的含義而表達出的一種符號。特別是經過若干年的沉積，這種符號被固定下來，成爲人們共同理解的標誌，或者說，從花中可以得到某種信息、某種感受、某種暗示，這些就是花語。

　　用花的種類、色彩來表達某種語言，在吳歌中表現甚多。它是通過花來說話，借以溝通人與人之間的感情和心靈，達到一種默契。

　　花表示一種美麗，是美化女性的重要妝飾。吳歌中表現女性頭上戴花的

歌謠很多，大多說明了花是美的代名詞，是女性愛美的自然流露，也是一種
眞情的顯現。

上海地區的歌謠這樣唱道：

> 一姐梳頭愛插花，
>
> 杏桃面孔粉來擦，
>
> 搽得一姐細皮白肉紅噴噴，
>
> 十指尖尖插金花。（金山縣）〔註1〕

這是一首流行十分廣泛的《十姐打扮》中的第一段，此歌謠在不同地方叫法
各不一樣，如《小梳頭》（上海奉賢）、《十姐梳頭》（上海川沙、嘉定），以姑
娘梳妝打扮爲表現內容。江蘇亦有一首《十姐梳頭》，其表現內容有了很大不
同，是以十姐梳頭起興，表現各種歷史故事：

> 大姐呀梳頭，愛呀愛插花，
>
> 隋煬皇帝看瓊花，
>
> 哎呀，保駕李元霸，
>
> 哎呀哎哎唷，李元霸。〔註2〕

很顯然，這首歌謠的立意不是在表現姑娘如何裝扮自己，如何自我欣賞，而
是通過姑娘梳頭這一行爲，來說唱歷史上的各種故事。

雖然這兩類歌謠反映的內容不盡相同，但是都談及姑娘頭上愛用花來裝
飾自己這一民間十分普遍的審美意識。頭上插花是舊時農村婦女常用來表示
美的習俗，這不僅是爲了悅己，更是爲了悅人，是人類早期一種性審美的反
映，是女子向男子展示魅力的手段。隨著歷史的進化，這種最初的爲取悅男
性的原始內涵逐漸被淡化了，而變成了女子自我審美的方式。

但是透過姑娘頭上插花這一現象，還是可以看出花是男女之間傳遞愛慕
之情的重要信物——姑娘頭上的花往往是多情男子的贈物。正因如此，這往
往會遭到很多麻煩：「這花兒，是誰人與你插戴？這花兒，打從何處來？看起
來古怪眞古怪，實實從頭說，快快除下來，決不與你干休！冤家，佛也勸不
解。」〔註3〕此首歌中的主人或許是那女子的丈夫，或許是那女子的舊情人，

〔註1〕《中國民間文學集成·上海卷·金山縣歌謠分卷》（內部資料），第308頁。

〔註2〕 金煦、錢正、馬漢民主編：《蘇州歌謠諺語》，中國民間文藝出版社，1989年
版，第239頁。

〔註3〕〔明〕馮夢龍：《掛枝兒》卷五《戴花》，見《明清民歌時調集》（上），上海
古籍出版社，1987年版，第143～144頁。

不管怎樣，他都不允許別人給那女子送花，更不允許將花插戴在那女子的頭上。這一歌謠說明，花是有特殊語言的，不同的人對花的理解雖也會不一樣，但花語並未改變，發生變化的是人的思想感情。這些不同思想感情附著於花上，就會使花帶有各自不同的感情色彩。然而，花作爲一種美好的東西，其所固有的語言始終存在，這是千百年來人們將同一的心理、同一的情感凝聚於其中，使之產生了爲眾人可理解的一種花的語言，從而成爲一種民俗，爲大眾所接受。

人是愛美的，姑娘尤其愛美，而花是美的集中代表，即使在勞動時，姑娘也忘不了把花頭上戴。如：

> 四個姑娘去踏車，
>
> 四頂涼帽手裡拿，
>
> 四個涼帽都是牡丹花，
>
> 頭上都插珠〔梔〕子花。〔註4〕

這是流傳於浙江嘉興的《踏車歌》，表現了姑娘頭插梔子花、手拿畫有牡丹花的涼帽在踏水車的情景。踏水車是農村中的一項強勞力活，但這首歌謠讀來並不使人感到沉重，爲什麼呢？是因爲花在起作用。我們知道，在現實生活中，花能賞心悅目，使人感到輕鬆愉快，會令人忘卻憂愁和煩惱，特別是花插戴在姑娘的頭上，會使人產生興奮的感覺，沉浸在快樂的世界中。同樣，在藝術作品中，亦能找到這種感覺。我們眼睛一閉，就會浮現那踏水車的姑娘歡樂勞動的畫面，雖然她們腳下踏的是沉重的水車，然而她們頭上沁人心脾的梔子花使整個氣氛顯得活潑可愛、生機盎然。

這種花的語言是無聲的，但它能準確地表達其所要敘述的意思。當然，花語的表達與特定的環境是分不開的，或者說，花語與環境緊密相連。特定的環境會帶來特定的花語，同樣，特定的花語也會創造出特定的環境。《掛枝兒》卷七《茉莉花》這樣唱道：「悶來時，到園中尋花兒戴。猛抬頭，見茉莉花在兩邊排，將手兒採一朵花兒來戴。花兒採到手，花心還未開，早知道你無心也，花，我也畢竟不來採。」在這裡，特定的環境是「園」，園內有花，即花園，花園裡的花爲茉莉。茉莉葉色翠綠，花色潔白，氣味芬芳。宋張邦基《墨莊漫錄》卷七記載：「閩、廣多異花，悉清芬郁烈，而末利爲眾花之冠。」

〔註4〕 《浙江省民間文學集成·嘉興市歌謠諺語卷》，浙江人民出版社，1991年版，第5頁。

〔註5〕末利，今入「茉莉」，原產我國西部和印度，後移植於江浙和閩廣地區，歷代文人騷客都有頌揚茉莉的佳作，表達了不同的思想情感。

在《茉莉花》這首吳歌中，茉莉花表達的是什麼語言呢？是懷念情人的痛苦。那愁氣蕩腸的情感，那悶悶無措的行為，恰恰在花語中得到了生動的表現，可謂「花心還未開，早知你無心也」，這句用花來說明的語言，一語雙關，極其準確地表達了那種思念、憤恨、痛苦不堪的失戀心情。

這是特定環境中表現出的特定花語，而特定的花語又烘托了特定的環境。如果沒有這一切，就不可能生動而形象地表現歌者的複雜矛盾的心情。

在某種特殊場合中，女人不插戴花，也表現了一定的花語。例如在親人死後一段時間裡或者生病時，女子往往頭上不准插戴花，這是長期風俗使然。雖然人們看不到女人頭上的花，但是從中可以得到某種信息，了解到女人不戴花的原因何在。

表示行孝期間不戴花的吳歌：

> 嫂嫂呀！我領儂花園裡看一看，
> 十棵花樹滿堂紅，
> 哥哥不死採朵嫂嫂插，
> 哥哥死了嫂嫂不插花。〔註6〕

表示生病時不戴花的吳歌：

> 花不戴，釵不戴，連環兒也不戴。
> 笑人駭，比人駭，我比人更駭。
> 行也害，坐也害，睡夢也害。
> 茶不思，飯不想，骨如麻，體似柴。
> 為了你冤家也，這病有三四載。〔註7〕

這兩首吳歌都表現了一種戴花的禁忌，或都說明了不戴花的理由。

長期以來，民間形成了女子特別是年輕婦女戴花的風俗，在江南地區十分流行。明代張岱《陶庵夢憶》卷一記載了明天啓二年（1622）六月二十四日，他去蘇州葑門荷花宕的情景：「余移舟往觀，一無所見。宕中以大船為經，小船為緯，遊冶子弟，輕舟鼓吹，往來如梭。舟中麗人皆倩妝淡服，摩肩簇

〔註5〕〔宋〕張邦基：《墨莊漫錄》卷七《茉莉花》，中華書局，2002 年版，第 198頁。
〔註6〕《中國民間文學集成·上海卷·嘉定縣歌謠分卷》（內部資料），第 229 頁。
〔註7〕《掛枝兒》卷三《病》，第 91 頁。

烏，汗透重紗。舟楫之勝以擠，鼓吹之勝以集，男女之勝以溷，歊暑燀爍，麏沸終日而已。荷花宕經歲無人跡，是日士女以輒鞁不至爲恥。袁石公曰：『其男女之雜，燦爛之景，不可名狀。』大約露幰則千花競笑，舉袂則亂雲出峽，揮扇則星流月映，聞歌則雷輥濤趨。」〔註8〕這裡所謂的「千花」並非指很多花，而是很多人的代名詞，借指頭上插花的年輕女子。《陶庵夢憶》卷五《揚州清明》更將女子愛花、喜用花來裝飾鬢髮的習俗說得一清二楚：「宦門淑秀，車幕盡開，婢媵倦歸，山花斜插，臻臻簇簇，奪門而入。」官宦人家的太太、小姐連山中的野花都插戴在頭上，由此可見，婦女頭上戴花的習俗是多麼深入人心，其影響是何等深遠。

我們知道，風俗一旦確立，就有一定的標向，表示著某種特定的含義。婦女頭髮上插花是一種風俗，表示喜慶、興奮、美好、靚麗。同樣，這時的花語亦向人們表達了同樣的信息。然而，生活中一旦遇到與此花語相反的情況，人們就會用相反的舉措來表示，如生病、行孝期間，婦女髮鬢上不插戴花，則表示人們處於一種非常態的心情和環境中，這是不用花來表達的一種花的語言。

第二節　花的象徵

中國歷來有將花象徵某種人的某類性格的傳統。例如，將蘭、梅、竹、菊稱爲「四君子」，把它們視作高潔、典雅的象徵，古代詩人和畫家更是以此題詩作畫，表示象徵之意。南宋時，有一畫家叫鄭思肖（1241～1318），字憶翁，號所南，擅長畫蘭。南宋滅亡後，元朝統治者請其畫蘭，他嚴詞拒絕。以後，他畫的蘭花一直都是露著根的，別人不解，問其故。他答曰：「國土之不存，蘭根焉能著地？」由此可見，露根蘭花的象徵意義是何等強烈，表現了鄭思肖崇高的愛國主義情操。

又如，桂花是我國傳統觀賞花木，栽培歷史已有2500多年，歷代文人都把它視爲祥物，象徵著吉祥。過去，將仕途得志、平步青雲稱之爲「折桂」。宋葉夢得《避暑錄話》卷下記載「世以登科爲折桂」，亦就說明了桂花的象徵意義在於美好幸福、青雲直上。戰國時期，燕、韓兩國就曾以互贈桂花表示

〔註8〕〔明〕張岱：《陶庵夢憶》卷一《葑門荷宕》，中華書局，2007年版，第17頁。

友好。三國時代，人們用桂枝、桂葉編織成帽子，戴在頭上，表示清雅高潔。如今，有些地方的青年男女還用桂花來表達愛慕之情。

在吳越地區的民歌中，花的象徵亦表現了獨特的韻味。同時，這種象徵是豐富多彩的，富有濃烈的鄉土氣息。

吳歌中，花象徵著女性，這是一大特點。

上海金山《落庵堂》開頭就唱：「十八歲姑娘一朵花，寄媽出來受家茶。」〔註9〕

浙江樂清《和尚和村姑對唱》中和尚這樣唱：「這條溪坑長迢迢，這朵鮮花插溪頭；這朵鮮花若許配我，歇了兌鑊賣犁頭。」〔註10〕

以上兩首民歌都用鮮花來暗喻未婚姑娘，或者說這裡的花就象徵著女性，且是特定的未嫁女子。用花來象徵十幾歲的姑娘是很妥帖的，因爲這一年齡層次的姑娘是能充分表現自身美的，此時身體已充分發育，處處顯示著青春朝氣，容貌也變化成最美狀態。所以，用花來象徵妙齡少女是一種完美的體現。

如果說僅用花來象徵女子，有些抽象的話，在吳歌中確有用某一具體的花來象徵的佳作。

用海棠花象徵。嘉興《十里亭相送》：「送郎送到二里亭，小妹姑娘是你眞心實意人，一路上鮮花都勿要採，回來採我小妹格朵鐵梗荷葉海棠花。」〔註11〕

在這裡，姑娘自喻爲海棠花，而且鐵梗象徵愛情至死不渝。海棠是一落葉喬木，葉子呈橢圓形，有緊貼的鋸齒，春季開花，花未開時成深紅色，開放後爲淡紅色，果爲球狀，在我國種植極廣，江南地區更是其生長的好地方，因爲其喜歡溫暖濕潤和半陰環境。正由於海棠是一常用觀賞性植物，其花又鮮艷、美麗，姑娘用來自喻當是無可非議的。

用芙蓉象徵。嘉興《隔河一朵倩芙蓉》：「隔河對江一朵俏芙蓉，隔江看花河當中，要想看花路不通，要去拗花花要動。隔河對江一朵俏芙蓉，隔江看花河當中，白米飯好吃田難種，鮮鮮魚好吃有拉江居中。隔河對江一個俏情哥，年紀相近差勿多，輕輕叫回去朝你拉爹媽娘話，家中有田嘸妻來討奴

〔註 9〕 《中國民間文學集成‧上海卷‧金山縣歌謠分卷》（內部資料），第 302 頁。
〔註 10〕 《中國民間文學集成‧浙江卷‧溫州市樂清縣歌謠諺語卷》（內部資料），第 94 頁。
〔註 11〕 《浙江省民間文學集成‧嘉興市歌謠諺語卷》，第 74～75 頁。

奴。」

　　這裡的芙蓉就象徵著未婚姑娘。所謂芙蓉即為荷花，我國的栽培歷史悠久。遠在 2500 多年前，吳王夫差就在太湖之濱的離宮（今江蘇蘇州靈岩山），為寵妃西施欣賞荷花修築「玩笑池」，這大約就是最早的人工池塘栽荷花的記載。芙蓉富麗多彩，嬌艷可愛，曾惹得多少游人在池邊湖畔駐足流連，誘發出多少人的情思和靈感，寫下了不少讚美的詩篇。在民間，人們將荷花稱之為「荷花仙子」，為其塗上一層神秘的色彩。傳說荷花是王母娘娘身邊一位最美貌的侍女玉姬的化身，因為羨慕人間，下凡來到杭州西子湖畔，不肯回天宮。王母娘娘知道後，惱羞成怒，將玉姬打入湖中，永世不得再登南天門。從此，這位仙女化身變成了美麗的荷花。

　　這些傳統的文化定勢告訴我們一個道理，荷花歷來被視為女性的象徵。所謂對荷花的讚美，如紅若塗珠、白如凝脂、婆娑舞影、綽約芳姿、玉肌水靈、瑩潔光潤、一塵不染等等，都是描寫年輕、貌美女子的詞匯。在古人詩詞中，亦有將荷花象徵女子的，例如宋楊萬里《紅白蓮》：「紅白蓮花開共塘，兩般顏色一般香。恰如漢殿三千女，半是濃妝半淡妝。」由此看來，吳歌中將荷花象徵女性，亦非杜撰，而是與整個中華民族文化的氛圍相一致的，所不同的是其象徵手法更直接、更通俗而已。

　　用牡丹象徵。牡丹原產於我國西北高原、陝甘寧盆地等，至唐宋以後，江南一帶不但有野生的牡丹，而且還有了許多栽培的品種。早在北宋雍熙三年（986），僧仲殊《越中牡丹花品》序中就提及：「越之好尚惟牡丹，其絕麗者三十二種。」慶曆五年（1045），李英撰《吳中花品》則言：「皆出洛陽花品之外者，以今日吳中論之。」到了清代，計楠《牡丹譜》提到的牡丹品種是 103 種，其中僅蘇州平望程氏就有 9 種。

　　正是在這種情況下，人們常用牡丹來象徵女子。《掛枝兒》卷二《咒》：「俏冤家，近前來，與你罰一個咒。我共你，你共我，切莫要便休。得一刻，樂一刻，還愁不勾？常言道牡丹花下死，做鬼也風流。拼得個做鬼風流也。別的閒話兒都丟開手。」（第 72 頁）這是一個以男子口吻寫的一首歌，其中「牡丹花下死，做鬼也風流」幾乎成了一名句，被一些人視為座右銘，至今仍在使用。從這裡，我們可以看到，牡丹花就是用來象徵女性的，如果不是拜倒在女子的石榴裙下，甘願為情愛而獻身，又怎能稱得上是風流之舉呢？再說，牡丹花色彩艷麗、富麗堂皇、國色天香、超凡脫俗，人們曾把它比作

西施、楊貴妃、大小喬等絕代佳人。〔註 12〕由此可見，牡丹象徵女子，歷來如此。

　　嘉興有首民歌《折牡丹》，更是將女子的名字徑稱爲牡丹：

　　　　有個姑娘好模樣，鮮花一朵名聲響，

　　　　百花最美數牡丹，伊比牡丹還要香。

　　　　牡丹河邊法浣洗，岸上小伙呆呆望，

　　　　牡丹地裡去割草，身後小伙滿田垟。〔註 13〕

短短的八句，就將牡丹姑娘的美麗表現得活潑活現，特別是把小伙子愛慕、喜歡牡丹姑娘的心情和行動描繪得栩栩如生。在這裡，牡丹與姑娘早已混爲一體，小伙子愛姑娘亦是愛牡丹，愛牡丹亦是愛姑娘。這首民歌十分巧妙地將牡丹與姑娘聯繫在一起，製造了一種和諧、完美的藝術氣氛。

　　除此之外，吳歌中還常用「家花」和「野花」的概念來象徵不同的女性。

　　所謂「野花」，是野外生長的無主的花，在民歌中常常用來象徵除妻子以外的女性或者是農村姑娘。《掛枝兒》卷九《野花》：「出城門見幾個村中俏，手兒裡提著籃把野荽挑，見人來低著頭微微兒笑。綠邊紅膝褲，越看越風騷。酒醉人多也，野花兒偏滋味好。」（第 230 頁）這裡的「野花」很顯然是指農村中的姑娘。

　　所謂「家花」，是指妻子，與野花相對應的詞。上海崇明有首《家花野花》，這樣唱道：

　　　　家花哪有野花香，野花哪有家花長。

　　　　家花日夜伴我眠，野花只能一瞬香。〔註 14〕

這首歌用辯証的方法，評述了家花與野花的區別，教育男子不要拈花惹草。野花雖好，但不能長久，家花才能長久地與丈夫生活在一起。事實上，男子做到這一點的確不容易。「生物的所謂性愛，本來就是一時的衝動行爲，這種慾念似乎是要每次更換對象，才能夠重新燃起性慾的需求。所以唯有性愛這一點，要求一輩子愛一個異性是悖於自然，非常難做到的。」此外，「男性追求新的異性的傾向甚爲強烈。所以，當妻子總算有性慾的感覺時，丈夫對妻子進行性行爲的積極性早已減退。對那些喜新壓舊的男子而言，同床的妻子

〔註 12〕李祖清：《中國十大名花》，西北交通大學出版社，1990 年版，第 3 頁。

〔註 13〕《浙江省民間文學集成・嘉興市歌謠諺語卷》，第 101 頁。

〔註 14〕《中國民間文學集成・上海卷・崇明縣歌謠諺語分卷》（內部資料），第 132〜133 頁。

很早就使他感到厭倦，特別是在容貌、服飾、言談舉止上急速地喪失新婚時那種清新動人風貌的妻子——即使這是女人婚後產生的一種安心感所致——更感厭倦」。〔註15〕

爲此，就產生了許多勸導丈夫不要採摘野花的歌謠。例如，流傳於嘉興地區的一首民歌《十勸郎》，其中一節就這樣唱道：「第九勸郎是九重陽，重陽遍地菊花香，家花香來常常有，野花香來勿久長。」在這裡表現的是妻子對丈夫的體貼和關懷，規勸男人不要去尋花問柳，染指其他女人，這是世間十分普遍的現象。爲什麼會產生這種「野花不如家花香」的觀念呢？究其根源是女性客觀存在的一種性心理的自然表露。針對這種現象，有人認爲：「丈夫悄悄地想尋花問柳，妻子表面上出於道德倫理而加以反對，實質上是爲了自己的性的需要而嚴密監視丈夫，這是一夫一妻制下夫婦大多經過的一個極普遍的過程。」〔註16〕此話有一定道理，揭示了「野花不如家花香」的更深層次的原因。同樣，在男性看來，「家花不如野花香」亦表現一種趨新的性追求，是性本能的反映。

用花來象徵女性已成爲一種共識，早被大家所接受。其實這只是一種象徵，而花的其他象徵意義還有不少，下面再一一介紹。

（一）象徵季節

《掛枝兒》卷七《春》：「孤人兒最怕是春滋味，桃兒紅，柳兒綠，紅綠他做甚的？怪東風吹不散人愁氣。紫燕雙雙語，黃鸝對對飛，百鳥的調情也，人還不如你。」這是一首描寫人的愁苦、孤單心情的作品，而此時，外在背景卻是百花爭艷、百鳥高飛的春天景象，特別是用「桃兒紅」這樣的字眼象徵春天，更是顯示了「孤人兒」那種悲楚、淒涼的氣氛。

上海金山《蠶花歌》中的「楝樹花開管三眠，薔薇花開捉大眠」，均用花開時節的不同來表示蠶的生長發育的不同階段。楝樹，又稱苦楝，落葉喬木，春夏之交開花，淡紫色，圓錐狀聚傘花序，花絲合成細管，紫色。薔薇是落葉灌木，枝葉細長，先端下垂，花多，呈白色或粉紅色，有時白色花瓣上染以粉紅色斑點，單瓣，芳香，圓錐狀散房花序，一般在五六月份開花，有的花種的花期還要長些。由此可見，蠶的化蛹吐絲大致在春末夏初之際，也就

〔註15〕〔日〕津留宏、泉宇佑：《結婚心理學》，上海翻譯出版公司，1986年版，第64～65頁。

〔註16〕《結婚心理學》，第69頁。

是說，楝樹花、薔薇花開放就象徵著蠶進入化蛹吐絲的階段。

（二）象徵時間

上海嘉定民歌《壁腳浪畫張紙騙人》中有一段歌這樣唱道：

　　哥哥儂今朝來得幾時來？

　　正月匆來二月來，

　　三月桃花朵朵開，

　　四月五月許仔儂，

　　六月荷花偷偷開，

　　七月蓬仙開得蓬蓬旺，

　　八月桂花初開未團圓，

　　九月菊花重陽開，

　　十月芙蓉賽牡丹，

　　十一月水仙開得蓬蓬旺，

　　十二月大雪飄飄叫我那好來，

　　儂再勿要望我來。〔註17〕

歌中女的問她的情人何時能來重新相會，那男子則用各種花來表示不同的時間而婉言拒絕見面，說得中肯又有分寸，令人叫絕。

（三）象徵年輕

嘉定有首《做小》民歌，是描述少女嫁給別人做小老婆的痛苦心情。少女說自己：「好比紫藤花長爬在枯樹上，海棠花種在腦垂邊。」〔註18〕在這裡，紫藤花、海棠花顯然是少女的象徵。這種象徵手法用得簡潔明了，使人一下就能體會其中酸澀的滋味，眞可謂高明。

（四）象徵夫妻、情人

用並頭蓮花象徵夫妻或情人，這種做法十分普遍，經常出現在文學作品中。同樣，吳歌中用此象徵手法亦比比皆是。如：「同心帶結就了，被刀割做兩半。雙飛燕遭彈打，怎能勾成雙？並頭蓮才放開，被風兒吹斷。青鸞音信

〔註17〕　《中國民間文學集成・上海卷・嘉定縣歌謠諺語分卷》（內部資料），第 285
　　　　　～286 頁。

〔註18〕　《中國民間文學集成・上海卷・嘉定縣歌謠諺語分卷》（內部資料），第 329
　　　　　頁。

杏，紅葉御溝乾，交頸的鴛鴦也，被釣魚人來趕。」〔註19〕「繡球花，情性滾，拿你不定。玉簪兒外面好，裡面是虛情。芙蓉花寂寞，爲你憂成病，梅花清瘦了，並頭蓮兩下分，好似水面上的楊花也，浪宕沒些定準。」〔註20〕

在這兩首明代情歌中，都提到了並頭蓮，都用以象徵深有感情的互相組合的男女。明清之際陳淏子《花鏡》卷五載，並頭蓮「紅白俱有，一干兩花」用以比喻夫妻，早在元代就有。元人曾瑞《留鞋記》第四折：「休拗折並頭蓮，莫搯雙飛燕。」到明代，並頭蓮象徵夫妻的說法更爲眾人所接受，進而出現在表現男女之愛的情歌中，成爲一種特定的文化符號。

（五）象徵偷情

《山歌》卷一《學樣》：「對門隔壁個姐兒僑來搭結私情，郎得教奴弗動心。四面桃花我看子多少個樣，郎教我靛池豁浴一身青。」〔註21〕

在這裡，桃花象徵著女子偷情。桃花一是春天開放，二是花色鮮艷，用來象徵偷情之類的男女事是很確切的，也是一種約定俗成。至今，人們還將那些超出法律以外的男女之間的性行爲，稱之爲「桃色新聞」、「桃色事件」等。其實，桃是最早表示女子愛慕之情的禮物。所謂「投我以木桃，報之以瓊瑤」，〔註22〕就是說女子用桃來求愛，男子則用瓊瑤來作爲回報，以後隨著社會發展、語言進步，人們對桃的解釋發生了變化，但其性意識的文化底蘊並沒有變化，因此就有了用桃花來象徵偷情這類非正常的男女之情。

除此之外，與花有關的行爲，如採花、摘花等亦都賦予了特殊的象徵意義，成爲偷情、戀愛甚至性交的同義詞。

例如上海地區的民歌：

嘉定：「牡丹花種在高樓上，看花容易摘花難。」〔註23〕

嘉定：「七字牆門朝南開，郎要採花早點來。」〔註24〕

金山：「隔河開花滿樹紅，要想採花路不通。」〔註25〕

〔註19〕《掛枝兒》卷六《比方》，第 163～164 頁。
〔註20〕《掛枝兒》卷八《花》，第 182 頁。
〔註21〕〔明〕馮夢龍：《山歌》卷一《學樣》，見《明清民歌時調集》（上），上海古籍出版社 1987 年版，第 276 頁。郎，同「那」。
〔註22〕《詩經·衛風·木瓜》，見《四書五經》，中華書局，2009 年版，第 145 頁。
〔註23〕《中國民間文學集成·上海卷·嘉定縣歌謠分卷》（內部資料），第 154 頁。
〔註24〕《中國民間文學集成·上海卷·嘉定縣歌謠分卷》（內部資料），第 199 頁。
〔註25〕《中國民間文學集成·上海卷·金山縣歌謠分卷》（內部資料），第 144 頁。

奉賢：「牆裡開花牆外紅，要想採花路不通。」姐說道：「郎啊，花也紅來路也通，只等採花進園中。」〔註26〕

崇明：「八十歲老公公來踩我的花，兩百兩銀子不要帶，不睬你老人家哎。」

以上這些民歌都唱及「採花」一詞，而採花所表達的意思很清楚，象徵著男女之間的私情，或者說是男性主動向女性求愛的表示。如今採花已作隱語，成爲男子尋找婚外生活的代名詞。

第三節　花的作用

在這裡，我們所說的花的作用有兩個：一是在民歌中的作用；二是在現實生活中的作用。

第一，在民歌中的作用，是指創作手法中往往用到各種花來起到渲染氣氛、環境、人物的作用，亦可以說用花來增強創造手法，使之能有更大的藝術感染力。在吳歌中，這種情況不在少數。

（一）起興作用

例如嘉定民歌唱道：「栀子花開來十六瓣，譚家橋開起繰絲站。」崇明民歌亦唱道：「一年四季百花開，花名小曲唱起來。」這裡，第一句都有花，其作用僅爲起興而已，與第二句沒有直接的連帶關係。

（二）對比作用

這由所說的對比是指吳歌中帶花的句子與其相關的句子表示相左的情況。奉賢有首《大姑娘花名》：

> 正月海花向南開，
>
> 爲啥佬能大姑娘勿受盤，
>
> 但看見宅裡姐妹同年同月同辰同樣出嫁城南過，
>
> 大姑娘登在娘家屋裡望少男。〔註27〕

這首民歌共十二段，亦可稱爲《大姑娘十二月花名》，在這十二段中均以花起興，表現一種強烈外在環境與內心世界的對比。我們僅以這第一段爲例，正月是梅花開放季節，那梅花朵兒圓潤、色澤光艷、生機盎然，給人一種興奮歡愉的感覺，特別是在冰天雪地、萬木蕭蕭的冬天，看到這紅艷嬌美的花時，

〔註26〕《中國民間文學集成‧上海卷‧奉賢縣歌謠分卷》（內部資料）。
〔註27〕《中國民間文學集成‧上海卷‧奉賢歌謠諺語卷》（內部資料），第165頁。

更使人神清氣爽，可是未能出嫁的姑娘此時與他人的心情正好相反，是惆悵不安、心緒萬千。再說，正月是傳統的女子婚嫁的時刻，在婚禮的鼓樂聲中，那大姑娘的心情又如何能平靜下來？

這種以花起興，表現人物痛苦心情的對比，其藝術效果顯得逼真可信，給人留下難以忘懷的感覺。

（三）同比作用

同比是指同一趨向的比較。例如嘉定：「梔子花開心裡香，隔濱有個小姑娘，眉毛彎彎憑等樣，再吃一年娘家飯，來年和我配鴛鴦。」〔註28〕川沙的：「梔子花開情意旺，情哥哥的恩情我也不肯忘。是啥人忘記情哥恩，來年那個正月吆換胎死個光。」〔註29〕

梔子花是吳地常見的花，芬芳撲鼻，色晶瑩如玉，襯以綠葉，格外清新可愛，可以給人一種快感，能振奮精神。因此民歌常用梔子花來作興，表現一種歡欣愉快的事情，起到同一比較的作用。上述的嘉定民歌所說的來年要娶妻，和川沙民歌所說的不忘情哥哥的恩情，都是高興的、令難以忘懷的事，用芬芳濃郁的梔子花來起興，很顯然這兩者被有機地聯繫在一起了，起到使人回味的藝術效果。

（四）比喻作用

在吳歌中，用花來比喻的例子很多。《山歌》卷二《長情》：「恩愛私情勿論年，好像春三二月輪陣個楊花到處綿。」（第313頁）在這裡，將男女私情比喻為春天楊花紛紛揚揚，綿綿不斷，還是很形象、準確的。

（五）誇張作用

所謂誇張，是指用誇大的詞句來形容某一事物，以此來啟發別人的想像力。常熟有首民歌《買布做衣》：「三姐倸一笑桃花春，郎唱山歌嘴巴順，十八句急急呀山歌順水行，俚樁事情倸勿當真。」〔註30〕其中「三姐倸一笑桃花春」，可真夠誇張的，因為現實裡的任何人的笑都不可能像春天裡的桃花，但是民歌恰恰大膽地利用這一誇張手法，表現了三姐那美貌的形象和甜潤的笑聲。

〔註28〕《中國民間文學集成‧上海卷‧嘉定縣歌謠分卷》（內部資料），第269頁。
〔註29〕《中國民間文學集成‧上海卷‧川沙縣歌謠分卷》（內部資料），第561頁。
〔註30〕《蘇州歌謠諺語》，第141頁。

第二，所謂吳歌中的花的另外一個作用，是指在現實生活中所起的作用，亦可以稱爲花對人有什麼樣的用處。我們概括爲以下三點：

（一）解除疲勞

浙江海寧有一《車水號子》，是一種對唱形式，號子一問一答，內容大多談及花：

> 甲：來喲——
>
> 　　踏起來啦哈起來，
>
> 　　哈頭有勒啥個花浪開？
>
> 乙：開喲——
>
> 　　哈頭有勒三月桃花開，
>
> 　　桃花開來有幾轉？
>
> 甲：轉喲——
>
> 　　桃花開來二三得六，
>
> 　　三十六啊……
>
> 　　空缺哈頭有勒啥個花浪開？
>
> 乙：開喲——
>
> 　　空缺哈頭十月芙蓉薔薇花開，
>
> 　　芙蓉薔薇花開有幾轉？〔註31〕

此僅爲部分對唱，又稱「唱哈頭」。大家都知道，過去車水勞動非常艱苦，而且單調，勞動者用數花的歌來驅除勞累。此歌後面有一附記：「舊時海寧農村用木製水車灌漑農田，農民用『唱哈頭』的辦法來計數，減輕疲勞。」由此可見，歌中用來作爲計數內容，的確可以起到消除疲勞、調動情緒的作用。

（二）調笑作用

吳歌有些專以花名爲演唱內容，語言形象、詼諧，讀後情趣盎然，能起到調笑的作用。

蘇州的《姊姊賣蘭花》可以算爲一個例子：「一位姊姊賣蘭花，頭上戴起黃蘭花，身穿葉老彩蘭花，粉紅面孔粉蘭花，時鮮櫻桃櫻桃花，三寸金蓮牡丹花，牡丹花後頭栽香花，金金茉開花請啊請郎中，梅花小姐來搵脈，飯湯飯水芙蓉花，雞冠花急子皺眉頭，石榴花哭很眼泡紅，條頭花著白來吊孝，

〔註31〕《浙江省民間文學集成·嘉興市歌謠諺語卷》，第 26 頁。

代代花著白有時辰。」在這裡，所有的花都擬人化了，根據花的不同外形特徵賦予其不同的行爲，形象逼眞、生動可愛，猶如走進了一個奇特的童話世界。讀了這種詼諧有趣的山歌，無疑爲人們的精神注射了一針興奮劑，調動了情緒，會忍不住地爲歌中所描繪的精彩場面而大笑起來。

（三）傳播知識

從吳歌中，人們可以得到有關花的知識，這是因爲吳歌總結了各種生活經驗和花的外形特徵以及主要時節等。

表現外形特徵的，如：「春天要看春三景，桃紅柳綠百花青〔興〕，豌豆花開像九蓮燈，蠶豆花開黑眼睛。」〔註32〕

表現時節的，如《野花名》將十二月所開的花一一作了介紹：「正月裡苦菜花呀開，二月裡薺菜花呀開，三月草頭花開滿地青，四月朝朝頭花開四色紅，五月烏絨樹花開白洋洋，六月黃瓜花開像喇叭，七月落蘇花開來小仃伶，八月豇豆花開像耳環，九月扁豆花開一點紅，十月茭白花開來水當中，十一月蘆花開來亂蓬鬆，十二月雪花滿天飛。」在此，將每年十二個月裡有什麼樣東西要開花、開什麼樣的花都作了詳細而形象的描述。這些東西大多是農作物，是農民們十分熟悉的對象，因此描述起來非常準確，得心應手。

以上這些對花的外形和時節的描繪，客觀上傳播了祖輩積累下來的經驗，使他人從中得到這些寶貴的知識。

第四節　結　語

吳歌中爲什麼會有大量的花的描述，其原因很多，如氣候較爲適宜、植物比較豐富、經濟發達、土地肥沃等等，不過最主要的是吳俗好花所致。著名史學家顧頡剛認爲：

> 吳俗好花，與洛中不異，其地土亦宜花。古稱「長洲茂苑」，以苑目之，蓋有由矣。吳中花木不可殫述，而獨牡丹、芍藥爲好尚之最，而牡丹尤貴重焉。舊寓居諸王皆種花，往往零替，花亦如之。盛者惟藍叔成提刑家最好事，有花三千株，號萬花堂。嘗移得洛中名品數種，如玉碗白、景雲紅、瑞雲紅、勝雲紅、玉間金之類，多

〔註32〕《浙江省民間文學集成·上海卷·崇明縣歌謠諺語分卷》（內部資料），第115頁。

以游宦不能愛護輒死，今惟勝雲紅在。其次林得之知府家有花千株；胡長文給事、成居仁太尉、吳謙之待制家種花亦不下林氏；史志道發運家亦五百株；如畢推官希文，韋承務俊心之屬，多則數百株，少亦不下一二百株：習以成風矣。至穀雨為花開之候，置酒招賓就壇，多以小青蓋或青幕覆之，以障風日，父老猶能言者，不問親疏，謂之「看花局」。今之風俗不如舊，然大概賞花則為賓客之集矣。〔註33〕

以上所說大多為官僚喜花習俗，民間亦有此俗。清代邵長蘅的《吳趨吟》中就有《種花》一首詩，敘述了吳中喜花種花的事實：「山塘映清溪，人家種花樹。清溪鴨頭青，門前虎丘路。春陽二月中，雜花千萬叢。朝賣一叢紫，夕賣一叢紅。百花百種態，牡丹大嬌貴……老圃解種花，老農解種穀。種穀輸官租，種花艷儂目。種花食肉糜，種穀食糠秕……呼兒賣黃犢，明年學種花。」〔註34〕

　　如此看來，要解釋吳歌中為什麼會有大量的花的描述，就不難辦到了。

〔註33〕顧頡剛：《蘇州史志筆記》，江蘇古籍出版社，1987年版，第77頁。
〔註34〕《蘇州史志筆記》，第163～164頁。

第十五章　傳奇史詩　獨立江南——
長篇民間英雄史詩《華抱山》

《華抱山》是長期流傳於太湖流域的長篇吳歌，具有史詩般的氣魄和魅力，長達一萬五千行，經過朱海容先生的努力搜集整理，終於展現了其全貌，這是民間文化界的一件大事，值得慶賀和紀念的。

第一節　是英雄史詩，還是民間敘事詩

這部長篇吳歌，其內容表現的是太湖一帶的農民為反抗官府而進行起義、戰鬥的精彩場面，歌頌了華抱山之父、華抱山、華抱山之子所表達的大無畏的氣質和不甘受奴役的精神，人物形象生動，故事感人，語言精湛，所有上述的思想內容和藝術成就是有目共睹的，眾口一詞的。

然而在對《華抱山》的體裁判斷上，人們的意見不盡相同，有的認為是「英雄史詩」，有的認為是「民間敘事長詩」。前觀點持有者有段寶林、過偉、錢舜娟、許豪炯等人，反觀點持有者有祁連休、程薔等人。筆者的觀點與這些先生所言的觀點稍有不同，認為《華抱山》是一部「傳奇史詩」，或者更確切地說，這是具有傳奇色彩的史詩化的敘事長歌。

傳奇史詩作為一種名稱，教科書中很少見到，但筆者認為：它較能準確地概括《華抱山》的體裁特徵。

史詩是以重大歷史事件或古代傳說為內容，塑造著名英雄的形象，結構宏大，充滿幻想和神話色彩的藝術形式。如具體細分的話，史詩還可分為英雄史詩、民族史詩、神話史詩等等，當然這些分類之間有交義，有界線模糊

的地方，但是其主導的特徵一般是清楚的。同樣，傳奇史詩亦同樣具有這樣的特點。它與英雄史詩、民族史詩、神話史詩等都屬於史詩大家族中的一員，但又都是有著各自的獨特性，正是這種各不相同的獨特性構成了史詩這一樣式的多姿多彩。不過，在這些史詩分支中，傳奇史詩是較後產生的一種樣式，更帶有某些現實的影子，或者說它所反映的生活場景和人物、歷史均與人們現實體驗到的感受是相通、相吻合的，沒有那種古遠的歷史感和神秘的色彩，因此，傳奇史詩就更多地打上近世的社會烙印，使人感到真切，感到熟悉。

《華抱山》就屬於這樣一種流傳吳地與民眾情感息息相關的傳奇史記。

第二節　《華抱山》是英雄史詩

之所以認為《華抱山》是傳奇史詩，其理由有兩點：

一、《華抱山》描寫的是明代末年江南姓在大龍、小龍、小小龍這三代英雄的帶領下反抗官府反抗朝廷的動人故事，氣勢恢宏，篇幅繁多，情節激宕起伏，具有史詩的氣質和特徵。為什麼這樣說呢？首先，《華抱山》具有史詩所要求的時間和空間。從時間上來說，歷時三代，從華抱山之父到華抱山，然而再到小小龍，這其間至少有數十年之久，其中最為精彩的是對小小龍經歷的描述，將小小龍出世、成長、訪師、拜師、上吼山，以及投奔闖王李自成的過程用極為準確而又細仔地再現出來，僅此人所用的篇幅達 9000 餘行，加上《華抱山》第一集所描寫的大龍和小龍的英勇頑強的性格以及浴血奮鬥的經歷，就足以向人們展示了史詩所應具備的時間上的巨大跨度。

這種時間的跨度巨大是一般史詩的共同特徵。《奧德修斯》是荷馬史詩，傳統譯為《奧德賽》。奧德修斯是希臘神話中伊塔克島之王，拉埃爾忒斯的兒子，佩涅洛佩的丈夫。他在其子出生不久，應邀去特洛伊遠征。在特洛伊城下，他表現得機智勇敢，戰鬥達十年之巨。後他說服希臘人繼續圍困特洛伊，在海上漂流十年，歷盡種種艱險，先後制服獨眼巨人波呂斐摩斯、魔女基爾克等，終於回到故里，殺死求婚者，合家團聚。很顯然，史詩所具有的時間跨度無疑是很長的，其他中外史詩作品亦都表現出這樣一個明顯的特點，如果沒有這樣一個特點，將其稱之為史詩，是十分勉強的。

再從空間而言。一般來說，空間主要是指地域的寬度：有了地域的寬度，

才能使作品中的主人公有了更好的展現。《華抱山》所表現的地域範圍是太湖地區，其中有吼山、東亭、古梅村等。據說史詩「範圍涉及江、浙、滬的蘇、錫、常、宜太湖一帶」（朱海容語）。由此可見，《華抱山》所展示的活動範圍是廣闊的、具有一定的空間張力，因而也更好地表現了史詩的大家氣度。

此外，人物眾多也是史詩的一個特點，「塑造的大小人物有近百名，華抱山一方的主要人物有：『一龍（小龍人）』『一鳳』（小鳳妹）『二王』（「公道王」「太湖王」）『二公』（華公、朱公）『八大將軍』『四天王』，還有龍山名師、賽武松等等。另一方：上有帝王、士大夫（宰相、欽差，中有三省（市）要員，下有五州（邑）官爺，還有族長走狗等等。此外，還有德國大力士薩士登等。在這些眾多人物中間，人物形象的描述也各不相同，有智慧的，有奸詐的，有愚笨的，有質樸的，有可親的，有機敏的……其中對欽差大臣等人的描繪更是有聲有色、入木三分：

> 欽差面孔又變成仔半晴半雨陰陽面，
> 「四大人」成仔皮笑肉勿笑格滑稽臉，
> 欽差州縣「五大人」同口言：
> 難道死人能上天？
> ……
> 欽差賊禿頭搖搖點點面孔又突變，
> 州縣狗眼閉眼又張眼，
> 小尖尖見貌七色變，
> 想：有仔餛飩還要面，
> 面浪（上）還要餃頭添，
> 要達一箭雙雕末、還須吹牛拍馬再加一鞭，
> 說道：
> 一網打盡末全靠欽差大人賽八仙，
> 神機妙算按勒前。
>
> 欽差口吃密包砒霜心裡甜，
> 輕骨輕頭哈哈大笑拿戲文點，
> 說道：
> 戲臺浪快拿《群英》演，
> 大家眼看嘴吃兩相便。

如此生動而形象的描述，在人物表現中比比皆是，反映了史詩高超的駕馭各種人物的能力，能用準確的語言將各類人物的不同性格特徵和外貌特徵有機地結合起來，自然地流露在字裡行間。這些眾多栩栩如生的人物，躍然於紙上，構成了《華抱山》宏大的歷史場面，出現了史詩般的人物鏈，這些環環相扣的人物鏈又促使了情節的發展和矛盾的開展，從而導演出一部氣勢非凡的戲劇來。

二、《華抱山》具有傳奇的內在因子，整個史詩都透出一種神秘的傳奇色彩，因而出現非常的誘人的魅力。

其一，《華抱山》是以農民起義作為主線而展示的，而在富裕的魚米之鄉產生驚天動地的起義之舉，這本身就有著神奇的文化因素。我沒有考証過吳地是否有過農民起義，是否有導火線直接在太湖一帶的表況。按照一般革命的理論而言，起義（或革命）應該是產生在貧困的地區，由於民眾無法生存而暴發起義的現象是屢見不鮮：即使非十分貧窮地區，要起義也是在官府壓迫之下、忍無可忍才有農民扛旗造反之舉。這是小農經濟和小農意識決定的，不是一聲口號就能召集成千上萬的農眾的，特別是江南地區風調雨順，富足自給，農民安居樂業，要聚眾鬧事亦非易事，更何況起義造反呢。有人說：「農業繁榮的地，亦即人口稠密的地方，而關於成為長江流域為都會江陵及吳，《史記》云：「『地廣人希，飯稻羹魚，或火耕而水耨，果隋蠃蛤，不待買而足，地勢饒食，無飢饉之患，以故呰窳偷生無積聚而多貧，是故江淮以南，無凍飢之人，亦無千金之家。』……凡在江淮楚越之民，依賴無產豐饒，從事惰怠生活，設此處成為富者或都會，洽與適於五穀六畜的中原平野相對照。」〔註1〕這裡所說是漢代以前的狀況，到明清時期，太湖地區有了更進一步的發展，經濟繁榮，市鎮集聚。所謂「千日造龍亭，一夜改東亭」這句俗諺的出現，也正反映了市鎮不斷出現的社會經濟現象：沒有經濟的大發展，貨物的大量湧現，也就沒有貨物交換的集散地，也就沒有進行貿易活動的市鎮。

當然經濟繁榮，掩蓋不了階級的差異和收入的不平衡，在豐饒的太湖地區產生矛盾和衝突亦是在所難免，《華抱山》中矛盾衝突的焦點就在於「一個大叫還租金，一個高喊獻謝銀」，催捐官和老族長等人的緊逼，為以後小龍的造反埋下了伏筆。應該說，官逼民反的事在任何地方都會出現，但是農民起

〔註 1〕《中國古代稻米稻作考》，載《食貨半月刊》第 5 卷第 6 期，第 40～41 頁。

義在太湖一帶活動數十年，「描寫的大、小戰鬥有十多次，最大的戰鬥『陸戰古梅裡，水戰太湖裡』，官兵達十萬之多」一開頭官兵就三戰四敗死五千兵，從此可知《華抱山》之奇。

其二，《華抱山》的傳奇性表現在具有神話的色彩。在史詩中，無論是人物的經歷和事件的表述無不透露出這樣一個信息，那就是傳奇的文化色素。

傳奇是指情節離奇或人物行為超越尋常的故事。在《華抱山》中這種傳奇處處可見，是構成這部史詩很重要的一個手段。

在描述小龍被人拋入河裡後，其母見到的是一幅神奇的情節：

　　　　龍根妻披頭散髮鮮血淋，奔上西河河灘一高墩，
　　　　正想跳河短見尋，忽見一物汆河心，
　　　　細細一看是破襖裙，破襖當中有聲音，
　　　　一群鴨子圍圍圍得緊，口咬、腳划破被漸漸近，
　　　　突然西風轉個身，東流改西行，
　　　　把河中破襖吹到岸腳跟，小龍娘看著看著像夢裡人，
　　　　忽聽一陣哭聲夢驚醒，奔到河灘抱命根。

這種出生後遭到劫難而後生的故事，在後稷神話就可以看到，但其所表達的內在意義，則是小龍長大後必是大人物，能呼風喚雨，做出一番大事業來。這裡，《華抱山》無疑受到了文化英雄神話的影響，才產生如此奇特的情節來。

在國外，此類神話亦有不少，如《羅馬史》記載：「西爾維亞違反法律，身懷有孕後，阿穆略把她投入牢獄，以示懲罰；當她生了兩個兒子的時候，他把兩個嬰孩交給一些牧人，命令他們投入附近的台伯河中。」「傳說，這兩個小孩子漂流到一個沙灘上，為一母狼乳哺，後為一牧人撫養成人，最後為其外祖父恢復王國。以後母狼一直為羅馬人所崇拜，是為羅馬原始社會之附庸。」〔註2〕在亞細里亞那個地方，有一個叫德克爾多的美人魚。她有一個女兒，眾位巨神命令她把女兒扔在一座山的山頂上。岩石上的鴿子來照顧她的冷暖，為她叼來吃的東西。後來她獲救，繼位了成王。〔註3〕世界上第一部史詩是巴比的《吉爾伽美什》，其中的英雄吉爾伽美什就是一個棄嬰。因為當時巴比倫有一習俗，為了祈求五穀豐登，每年祭神時選一嬰兒為犧牲，或殺或

〔註2〕阿庇安《羅馬史》，謝德風譯，商務印書館，1979年版，第22～23頁。
〔註3〕希羅多德《歷史》，商務印書館，1959年版，第295頁。

棄之山谷。吉爾伽美什當選，便被從山崖上投向山谷，此時爲大鷹所救，將其擲落一家院落，後爲此家人撫養長大。

如果說古代神話中的文化英雄所經歷的幼年劫難是一種風俗，是一種主動行爲的話，那麼《華抱山》中所說的小龍幼年被棄，則是一種對立階級的行爲，是置人於死地，兩者不能等而視之，但不管怎樣後者受到前者的影響是不可置疑的。

又如小小龍的誕生也充滿了傳奇色彩：

> 喜鵲報喜叫連連，
> 彩蝶歡慶舞翩翩，
> 小龍醒來樂心間，
> 小鳳醒來口裡甜。
> 樂心間，口裡甜，
> 一件奇事展眼前。
> 只見龍柏針葉尖尖，
> 串串龍液露珠像百寶珍珠斷仔線，
> 勿左勿右，勿後勿前，
> 巧天巧地，巧萬巧千，
> 正巧落勒鳳妹櫻桃小口紅唇間，
> 鳳妹好像吃仔仙水成仔仙。

把懷孕說成是「龍液露珠」落入口中，顯然又是文化英雄奇跡出現的神話見証，它充分反映了史詩創造者吸收民間文化的巨大力量。關於龍柏針葉傳龍豚（精液）女子懷孕生龍子的傳說故事在太湖地區流傳很廣，這也是神話遺存的表現。

此外，還有神話遺跡殘留在史詩的各種情節之中：

> 小小龍困勒搖籃間，
> 身旁有把桃木劍，
> 頭頂青銅小鏡照雲天，
> 腳穿虎頭小鞋顏色鮮。（第 315 頁）

這裡所說的桃木劍、青銅小鏡、虎頭小鞋等都人們俗信的神話故事，以爲這些東西具有超凡的能力，能驅邪避鬼，能保護平安。

> 久風久雨出晴天，

　　　　白土勤耕出好田，

　　　　歷水勿死出聖賢，

　　　　好苗好收出豐年。（第 326 頁）

詩中有注：民間老話：「歷水勿死，必出將師（帥）」。《山海經·海內經》云：「大禹生於水上」。《說岳全傳》：「岳飛避入大花缸，隨波逐流，歷水不死。」由此，亦可以看出傳奇的內涵。

　　《華抱山》這種傳奇的色彩不僅在情節離奇方面，而且在人物行爲上亦表現得淋漓盡致。

　　首先表現在小小龍練武的行爲上，將其習武的精神和毅力實現，眞實地再現了一個英雄人物的形象。應該說《小小龍苦練》一章節是十分成功的，因爲它文字素樸，但富有韻味，反覆詠讚，令人難忘。其中多練一節這樣寫道：

　　　　夜間跳踏湖面練飛劍，

　　　　晝裡攀爬冰山練鐵鏈，

　　　　練場嘸（無）水沈師父叫兩人擔水結冰踏冰練，

　　　　踏冰練古萬千，

　　　　跌破了頭，跌青了臉，跌碎腳，跌腫了眼，

　　　　踏冰練千萬甜，

　　　　練得百思歸一念，

　　　　練得眼望天外天，

　　　　練得手腳比鐵堅，

　　　　站像泰山巔，

　　　　動像虎下岩，

　　　　飛如春天燕，

　　　　吃得苦中苦，

　　　　方能苦變甜，

　　　　太陽公公笑開顏，

　　　　笑得雪化冰烊迎春天。

經過多少日月的苦練，小小龍終於身懷絕技，武功超群，他和中國史詩中的主人公格薩爾、江格爾這些蒙、藏英雄一樣具有凡人無法比擬的本領，是一神話色彩濃重的人物，有著傳奇性的行爲。正是這些傳奇性的行爲，才和這

些英雄傳奇性的經歷相聯繫，也才不會使人懷疑他壯烈的舉動。

在表現小龍與鱔精搏鬥時尤為精彩：

> 龍哥一躍脫了身，乘勢跨上鱔妖頸，
> 緊緊捏牢仔頸七寸，鱔妖已有三百齡，
> 夜吸光華日收精，自比蛟龍勝三分，
> 碰著對頭勿服盆，上上下下、
> 下下上上末翻仔七十二個身，它想：
> 他是孫悟空末也要叫你喊饒命，
> 哪曉得龍哥耳聽鳳妹呼叫龍哥聲，
> 聽一聲呼喊末力氣長一斤，
> 聽仔九萬九千九百九十九聲末，
> 力長九萬九千九百九十九斤，
> 佗身騎鱔身，手捏鱔頸好似跨仔蛟龍上上下下、
> 前前後後遨遊龍宮水晶城，
> 遊水城，力氣增，又手捏頸緊又緊，
> 緊又緊，鱔精斷力、斷氣、斷了命，
> 三百齡精妖一旦盡。

這是一幅神話中的鏡頭，是李冰鬥水怪的重現。通過這樣的行為，充分展示了小龍過人的力量和超凡的氣魄，體現了史詩中神奇的成分。人妖相鬥歷來是史詩中人物性格塑造的重要扣環，幾乎每部史詩都會有這樣的情節，戰勝妖怪是反映主人公神奇之舉的一個或缺的手段。《華抱山》出現這樣的人妖相鬥的場景，十分難得，因為這部史詩表現的明末事件且又是 90 年代末搜集整理而成的，還至今保留這種人物相鬥的情節，無疑說明了這一情節的重要性，雖經歷代滄桑、多次變革，但都沒有將其疏漏，又証明它是史詩中最原始的成分之一。

同樣，這一情節也是小龍傳奇行為的表現，為他以後進行轟轟烈烈的反抗朝廷的義舉打下了基礎。

在老百姓的觀念中，凡是英雄人物都應該有過人的本領和非常的行為，否則就不稱其為英雄了。在史詩創作的繁榮時期尤為如此，人們英雄崇拜意識非常強烈，神話其經歷，神話其行為，神話其一切，因而造造出一批氏族的英雄、民族的英雄來，將其反映在史詩中間，這是順理順章的事情。《華抱

山》雖沒有史詩創作繁榮期所有的生態環境，但它保持史詩所固有的文化傳統和創作理念，因此而出現一系列的英雄，如大龍、小龍、小小龍為代表的家族奮鬥的歷史，表明了他們是抗租、抗官府、抗皇上的英雄人物。

關於《華抱山》的傳奇行為還有一些，恕不多述。

僅此，亦可以將我的一個主要結論表露出來了，那就：《華抱山》是江南地區特有一部史詩性質的作品，其本質具有傳奇的色彩，因此，我以為：這是一部傳奇史詩。

不知當妥。

第十六章　非物質文化遺產與常州民歌

第一節　具有特色的常州民歌

　　常州的民歌，是祖祖輩輩創作出來的原生態作品，與人們的社會生活密切相關。所謂原生態言個詞是從自然科學中借鑒而來的，是指生物和環境之間相互影響的一種生存發展狀態，原生態是一切在自然狀況下生存下來的東西。原生態民歌未經加工，是自然的人性化的表現形式，來自於人們內心。民歌所表現的是一種熱愛生活、熱愛勞動的生活狀態，歌唱者可以不拘泥於時間、地點的限制，達到了想唱就唱、歌人合一的境界。

　　有記載表明，常州的民歌在魏晉南北朝時期就十分流行，大部分保存在郭茂倩《樂府詩集‧清商曲辭》的「吳聲歌」中。「吳聲歌」產生於晉、宋，下及梁、陳時期，流傳在建業、鎮江、常州等地，有《子夜歌》、《子夜四時歌》和《讀曲歌》等 20 餘種。到了明代，常州還形成了規模盛大的對山歌的習俗。每年三月十九「觀音菩薩成道日」，清涼寺舉行廟會，人們有的從幾十里處趕來參加。老百姓在迎神賽會的同時，涌到德安橋上對山歌，通宵達旦，並且每年一度，形成了「德安橋上對山歌」的傳統民俗。1913 年 6 月的《新蘭陵報》曾報導說：「陰曆六月十九日，俗傳爲觀音得道之辰，清涼寺舊例逢是日鄉民集資演戲，又於德安橋下唱山歌，通宵達旦」。久而久之，這裡就成爲進行山歌比賽的場地。

　　常州民歌不僅具有悠久的歷史，而且還專門唱歌謠的村子，如今在常州

地區的金壇發現了一個頗具地方色彩的「歌謠村」，就是一個典型的例子。

這個歌謠村，叫後莊村，包括談莊、荊巷和後莊三個自然村。歌謠村裡大多數人都會唱山歌，會扭秧歌，他們那裡流行的傳統民間舞蹈「秧歌燈」。秧歌燈是流傳在江蘇與安徽交界的地區，其曲調豐富多彩，抒情悅耳，舞蹈動作柔美樸實，輕鬆愉快，歌詞通俗流暢，動人以情。秧歌燈的表演者代代相傳，後莊村因地居水網之中、比較偏僻，過去村民人們與外界的聯繫，全靠迤邐步行和搭乘溪河中的小船，交通十分不便，陌生人難以入村，所以民俗風情比較閉塞。相對而言，這裡的秧歌也是比較古老的民間藝術。

這種秧歌，很可能是明朝傳來的民間藝術。明朝，為了解決鳳陽地區人烟稀少，田土荒蕪的情況，洪武三年（1307）從常州等地「徙江南民眾十四萬田鳳陽」，並派常州府「江陰侯吳良督之」。關於這一點，在《開國公江夏侯周德興傳》也有記載。由於兩地的交流，常州人學會了鳳陽的民間小調，也很可能將這些鳳陽小調帶到家鄉。清初周鲂在他畫的《打花鼓》上題詞說：「婆婆鼓舞宛邱鳳……更有鳳陽遷戶私返故鄉中。」趙翼在《鳳陽丐食》中也寫道：「常郡等地每歲必有鳳陽人來，老幼男婦，其唱歌則曰：家住廬州並鳳陽，鳳陽原是好地方，自從出了朱皇帝，十年倒有九年荒。以為被荒而逐食也，然年不荒亦來，行乞如故……是以托丐潛回省墓探親，遂習以成俗，至今不改。」

另外，從鳳陽出來的乞討者，到了常州，便把鳳陽的民間小調帶了過來。他們演唱鳳陽花鼓，跳起鳳陽秧歌，於是鳳陽花鼓便在常州一帶江南民間逐漸流行開來，並成了常州民間文化的一部分。

還有一種觀點認為，談莊秧歌燈源自清代。咸豐十年春，金壇百姓為慶祝太平軍破城勝利，在戴王府前搭起高臺表演各種形式的節日，其中就有秧歌燈。因秧歌燈活動的季節一般在春夏間，故始稱為「談莊舞秧燈」，後來又叫作「秧歌燈」，並頻繁在金壇、武進、丹陽交界地區及茅山、包容一帶演出。群眾自詡秧歌燈「有九腔十八調，調調有花色，三天三夜唱不完，唱轉頭不算本事高。」

因此，後莊村的農民便有愛唱山歌的風俗，村子裡上上下下、男男女女、老老少少，人人會唱山歌。據不完全統計，全村 145 位年逾花甲的老人中有 100 位能唱山歌，包括當時已 93 歲的耄耋老人蔣書春，其中能演唱 50～100 首以上歌謠的重點民歌手有 10 多人。這個村所以被人們譽為「歌謠

村」。〔註1〕

在歷史上，常州就是民歌的海洋，在這裡產生的民歌非常豐富，如情歌：《郎唱山歌響銅鈴》：「郎唱山歌響銅鈴，姐托茶碗出來聽，左腳踏在上街沿，右腳踏在下街沿。腳小伶仃，伶哩伶仃，七十二個鷂子翻身，打碎江西一支八角龍鳳小茶碗，唱歌還是個害人精。」如遊戲歌：《東頭牛來哩》：「東頭牛來哩，西頭馬來哩，張家大姐家來哩，戴個嗲花？戴個草花，牛虻踏煞老鴉，老鴉告狀，告到和尚，和尚念經，念到觀音，觀音射箭，射到河蜆，河蜆唱歌，唱到阿哥，阿哥扒灰，扒到烏龜，烏龜放屁，彈穿河底，買塊牛皮，補補河底，河裡做戲，長子看戲，矮子吃屁。」。此外，常州是水上運輸非常發達的地方，因此在民歌裡也有表現，如《三十六碼頭》，從正市到十二月，唱了十二個月的花名，三十六碼頭的景致和土特產。另外農民在田間蒔秧、耘稻時唱的山歌，船民唱的船歌，採茶唱的採茶調，等等，這些民間藝術樣式互相滲透、吸收、融合，形成了常州地方多彩的民間歌謠。

另外在長期的發展過程中，還形成了各種各樣的民調、民歌，如《十二月花名》、《孟姜女過關》、《十張臺子》、《十二條毛巾》、《梁祝十二月花名》、《趙五娘四季調》等等，就是這些民調民歌的很重要的代表性作品。

其中《哭七七》就是一非常具有代表性的民間小調：

　　頭七到來哭哀哀，手拿紅被蓋郎來，風吹紅被四角動，好比我郎活轉來。

　　二七到來細思量，思思想想哭一場，明月當燈空中掛，夢著親夫在面前。

　　三七到來奴梳妝，四親六眷紛紛忙，廿四和尚叮當響，奴奴跪拜去點香。

　　四七到來奴梳妝，梳妝臺上懶風光，梳妝臺上青銅鏡，只照奴奴不照郎。

　　五七到來望鄉臺，望見家中哭哀哀，大男少女啼啼哭，一心想郎活轉來。

　　六七到來郎歸亡，夢見親夫到閻堂，牛頭馬面兩邊分，當中跪下奴夫郎。

〔註1〕　《江南水鄉傳統歌舞—秧歌燈》，http://culture.cz001.com.cn/changzhou/2006/1030/4448.shtml。

　　　　七七到來是白綾，白布白衫白布裙，有心帶你三年孝，無心七
過就嫁人。
　　　　一路哭來一路行，告訴公婆三兩聲，勿講媳婦心腸硬，可嘆你
兒命不長。
　　　　一路哭來一路行，告訴伯娘兩三聲，任兒依定交託你，帶帶任
兒快成人。
　　　　候等任兒成長大，結草銜環謝你恩。

民間信仰認爲，人死後七天才眞正的死亡，而靈柩一般都在七七四十九天之
後才可入葬。因此在此期間，要舉行「做七」活動，每逢七天一祭，四十九
天後才結束。這一習俗最初受佛教的影響，佛教主張超度亡靈最好是在七七
期中。如果過了七七期之後，亡靈託生的類別已成定案，再做佛事，就只能
增加他的福分，卻不能改變他已託生的類別。

　　哭七七歌謠的出現，除了與佛教有關之外，與中國傳統娛屍的民俗相關，
至今在一些民族（如苗族、土家族、布依族等）中間依然存在有通宵達旦在
剛剛死去親人的屍體旁邊歌邊舞的民俗。江南地區哭七七，是一種悼念死者
的歌謠，是延續了民俗的傳統，只是更藝術化更地方化而已。哭七七是祈祭
亡靈而進行一種傳統風俗活動，除了有音調之外，還有唱詞，一般分爲七段，
表現對亡者的悼念。這種曲調純樸優美、深沉感人，富有濃厚的江南民間風
格，很多民歌都借用這種曲調，如《孟姜女十二月花名》，如今這首曲調已經
非常知名。特別是賀綠汀根據此曲調改編的《四季歌》（電影《馬路天使》插
曲）流行之後，更是家喻戶曉，至今爲人們所傳唱。

第二節　常州民歌的基本分類

　　民歌是有韻律的口頭創作，是老百姓的即興發揮的作品。在常州同樣有
這樣的民歌流傳在田邊地角、街頭巷尾，春晚老百姓表達自己情緒的工具。

　　由於常州是一個歷史悠久的地區，因此文化底蘊非常深厚，這比較表現
在上層文化方面，同時也表現在低層文化方面，而在低層文化中間，民歌的
出現就是這一文化的最集中的反映。

　　常州民歌的分類：

一、關於歷史的民歌

　　常州是一座具有兩千五百多年悠久歷史的文化古城，底蘊深厚。公元前547年的春秋時期，建邑立邦，始稱延陵。係春秋時期吳王壽夢的第四子季扎的封邑。秦代置縣。常州古時候又叫龍城，沾有龍氣，喻爲人財興旺的吉祥之地。龍是古代傳說中的一種有鱗角鬚爪能興雲作雨的神異動物，在封建王朝又是皇帝的象徵，有著至高無上的權威。

　　爲什麼說常州是龍城呢？這可能與城垣有關。四道城牆中，羅城、新城都十分像龜形。羅城的頭部伸到朝京門外原石龍咀處，龜尾在今水門橋的通關門。而1369年築的新城，更像一隻抑首爬行的烏龜。古人稱龜爲龍種，所以常州人不直稱龜城而稱「龍城」。在民間，就流傳這樣的民間歌謠：「裡羅城、外羅城，中間方形紫禁城，三套環河四套城」。說的就是常州城的外形像烏龜（即龍）的形狀。此爲常州「地有龍形，故曰龍城」之說。清光緒《武陽志餘》載「吾郡古號龍城」。這些資料也都反映了人們對常州作爲神聖之地的看法，更何況歷史上在這裡曾經出現過十多位皇帝，因此將常州稱之爲龍城是不無道理的。

二、關於兒童的民歌

　　兒童的民歌又叫童謠，是從兒童的視角來觀察生活的歌謠。這樣的歌謠非常具有童趣，反映了兒童對社會的認知。如《螢火蟲夜夜來》：「螢火蟲夜夜來，來，吃糖炒米，去，吃辣生薑。生薑辣，爬寶塔，寶塔尖，戳破天，天又高，好磨刀，刀又快，好切菜，菜又嫩，好點燈，燈又亮，好算帳，算盤底下一個小和尚，偷銅錢，買炮仗，彈殺一個老和尚。」關於螢火蟲、糖炒米、生薑、寶塔、算盤、和尚等一系列事物，以及各種各樣的動作，對兒童來說可能都是模糊的，但是通過兒歌的反覆說唱，逐漸明白其中的道理，也起到認識社會的作用。另外有首兒童歌謠「炒黃豆，炒蠶豆，噼里啪啦，翻跟頭」，同樣在這裡，它把兒童眼中對炒黃豆時的情景表現出來的，眞實而生動。

　　有的則是遊戲方面的歌謠，帶有娛樂的成分。如：「從前頭，有個老老頭，跛到吳橋頭，一慣一個大跟頭，拾著兩個大饅頭，剝開來有兩個小丫頭，小丫頭又有兩個小饅頭。」這裡用「頭」作爲韻腳，一氣呵成，朗朗上口，將一首童謠唱完，而且內容好記，幽默風趣。

另外一首《天靈靈》的兒歌:「天靈靈,地靈靈,茅柴窠裡捉蜻蜓。紅布頭,綠布頭,撳撳捺捺一罐頭。」此歌是傳統的兒歌,是一群小孩做藏找東西遊戲時候所唱的歌謠。它沒有深刻的社會內容,也沒有知識含量,但是所表達的是兒童在遊戲時的歡樂情緒。類似這樣的童謠還有許多,再如《鬥鬥蟲》:「鬥鬥蟲,蟲蟲飛,飛到高高山上吃白米,只吃乾來勿吃稀。」也同樣是這樣好的傳統童謠,雖然這首童謠是大人創作出來的,但是流傳的主要對象卻是孩子,並且成為他們遊戲時候歌謠。

三、關於叫賣的民歌

小攤小販在賣東西的時候,都喜歡叫賣,這是為了吸引買家的注意,可以更多地引起大家的購買慾望。梨膏糖的叫賣聲,是由小熱昏發明的,屬於一種具有民歌色彩的街頭文化。據說,小熱昏的祖師葉是常州人。而賣梨膏糖的叫賣變成了一首好記好聽的歌謠:「一包冰屑吊梨膏,二用藥味重香料,山楂麥芽能消食,四君子打小,五和肉桂都用到,六月人參三七草,七星爐內升炭火,八卦爐中叼梨膏,九製玫瑰均成品,十全大補共煎熬。」

在這裡,將梨膏糖的製造工藝、基本原料及其功用都一一進行了表述,十分簡潔明了。

四、關於氣象的民歌

氣象在不同的地區,有不同的表現,或者說不同的地區有不同的氣象,換句話來說,不同的地方有不同的氣候。《九九歌》,有的地方也叫《冬九九歌》。由於地區的不同,因此《九九歌》所反映的內容也有不同。如黃河中下游地區的《九九歌》是:「一九二九不出手,三九四九河上走,五九六九沿河望柳,七九開河八九雁來,九九又一九,耕牛遍地走。」

但是常州地區,《九九歌》則有了比較大差異:「頭九二九,相逢不出手;三九四九,凍得索索抖;五九四十五,窮漢街上舞;六九五十四,蚊蠅叫吱吱;七九六十三,行人著衣單;八九七十二,赤腳踩爛泥;九九八十一,花開添綠葉。」

關於氣象歌謠,在民間有很多,這些歌謠一般都與人們的生活、生產密切相關,也是生活與生產知識的積累,反映的是這一地區人們的智慧。常州地區的氣象歌謠就集中地反映這一地區人們對於氣象知識的一種高度概括與總結。

五、關於經驗的民歌

《十螺歌》：「一螺巧，二螺笨，三螺肩幫頭，四螺全勿識，五螺富，六螺窮，七螺挑糞桶，八螺做長工，九螺騎白馬，十螺做官船。」關於螺的歌謠在很多地方都有，內容也大致差不多，表現的是一種人們對於未來的預測，這種預測過去一般都被認爲是封建迷信的東西，很少進行研究，但是它畢竟反映了人們對於自身的探討，希望能夠找到爲什麼每個人手指上的螺都不同的原因之所在。所謂歌謠裡所說的巧、笨、富、窮、做長工、做官船等等，只是一種比喻，或者是一種娛樂自己的方式而已。從生物學上來說，螺紋是人類進化中的標誌，每個人都自己的螺紋，表現的是個人與其他人的身份，因此《十螺歌》的出現，說明人們尋找自身現象的答案，當然這樣的答案，並不是直接與生理現象結合，而是與人們的社會現象結合，因此也就更能夠在群眾中流傳，引起更強烈的共鳴。

從這首《十螺歌》表現的是農耕文化，到了現代社會，也可以附著新的社會內容與理想。

在《荷花荷花幾月開》的民歌裡，通過荷花幾月開的對答，反映了一種生活的經驗：「荷花荷花幾月開？正月勿開二月開。荷花荷花幾月開？二月不開三月開。荷花荷花幾月開？三月不開四月開。荷花荷花幾月開？四月不開五月開。荷花荷花幾月開？五月不開六月開。」

大家知道，荷花是連科蓮屬多年生水生草本植物，又稱蓮花。古稱芙蓉、菡萏、芙蕖。荷花原產於中國，通常在水花園裡種植。荷花的根莖種植在池塘或河流底部的淤泥上，非常適合於江南水鄉生長，而荷葉挺出水面。在伸出水面幾厘米的花莖上長著花朵。荷花一般長到 150 厘米高，橫向擴展到 3 米。荷葉最大可達直徑 60 厘米。引人人注目的蓮花最大直徑可達 20 厘米。一般江南地區，6 月下旬到 8 月上旬爲荷花盛開的高峰期。因此，人們將荷花開花時間作爲歌謠的對答對象，說明荷花已經成爲他們生活的一部分，得到人們的關注。

六、關於民俗的民歌

民俗就是人們的生活，例如節日、婚姻、服裝等，這些都是老百姓的日常生活，所不同的是在這些民俗裡都有一定的活動時間以及各種儀式等，表現出多姿多彩的生活情景。

元宵觀燈是春節活動的一個組成部分，在常州就有這樣的習俗，而且非常流行，過去有到甘棠橋觀燈的習慣，在民歌就有表現，如《甘棠橋》：「甘棠橋，對鼓橋，鼓樓對著廟門口，鏜鏜鏜！燈來哩！燈來哩！嗲格燈？一團和氣燈，二龍戲珠燈，三元及第燈，四面如意燈，五子奪魁燈，六角風菱燈，七子八婿燈，八仙過海燈，九蓮燈，十面芙蓉燈，鏜鏜鏜，燈來哩！後面還有一條老龍燈，一跳跳出來廿四個小猢猻，嚇得娘娘小姐呆瞪瞪。」歌謠通過兒童的眼光，唱出了在甘棠橋上所看到各種各樣的彩燈的盛況。

另外一首《元宵觀燈》更直接將各種燈的造型及其含義表達得一清二楚：「咚咚鏘，鏘鏘咚，元宵節，看花燈，看什麼燈？一團和氣燈，二龍戲珠燈，三元及第燈，四喜平安燈，五子奪魁燈，六國封侯燈，七巧玲瓏燈，八仙過海燈，九枝蓮花燈，十全富貴燈，還有搖搖擺擺一條老龍燈。」

過去，婚姻是農村裡的大事，哪家娶進了新媳婦，都引來很多的觀看者，並對新媳婦評頭論足。對於新媳婦而言，她也有自己的煩惱，有一首《新媳婦》民歌這樣唱道：「娘啊娘，不要愁，半夜起來梳光頭。前頭梳起盤龍髻，後頭梳起插花樓。花樓上，會擀麵，擀出麵來像絲線，公一碗，婆一碗，姑娘阿叔合一碗，大又鬧，小又吵，拿起棒頭一陣打，打到河當中，採朵水仙花。」歌謠裡表現了新媳婦到了婆家操持家務的情況，她不像以往的新媳婦歌謠，說她到婆家以後如何不幸，如何痛苦，但這首民歌通過給公婆與姑娘、阿叔做麵條吃的場面，表現了一大家子的歡樂情景，同時也不失做新媳婦的規矩，先是半夜就起床，進行梳洗，將頭梳成「盤龍髻」，再進行擀麵等活。盤龍髻指婦女盤繞卷曲的髮髻，象徵有了婆家。故清梁紹壬《兩般秋雨盦隨筆·山歌》就說：「山歌船唱有極有意義者，如：『南山腳下一缸油，姊妹兩箇合梳頭。大的梳箇盤龍髻，小的梳箇楊爛頭。』」此首民歌特別提到「盤龍髻」，這是有畫龍點睛之筆，因為這樣的頭髻，就表示她已經是結過婚的人，而不再是姑娘，其民俗的意義就在這裡。

第三節　常州民歌作為非物質文化遺產需要加以及時保護

常州傳統民歌是非物質文化遺產的一部分，是原生態的歌謠，是常州地區人民在生產生活實踐中創造的，並且在民間廣泛流傳的「原汁原味」的民

歌，也是中華民族「口頭非物質文化遺產」的重要部分，現在有的還在流傳，有的已經失傳，有的也瀕臨消亡的危險，需要我們對此進行保護。

首先，民歌的生存條件已經改變。

傳統的生活方式會產生民歌，但一旦民歌賴以生存的生活方式發生變化，過去傳統的民歌就無法生存下來，隨著時間的遷移，民歌就會淡出人們的視野，被逐漸地邊緣化，最後就會被淘汰被遺棄。《過年多熱鬧》：『爺爺笑，鬍子翹；奶奶笑，熱淚掉；爸爸笑，樹眉梢；媽媽笑，彎了腰；孩子笑，蹦又跳；大家哈哈笑，過年多熱鬧。』過去對於過年，大家都非常期盼，因為到了過年的時候，可以穿新衣、戴新帽，可以吃魚吃肉，但是如今一切都變化了，新衣新帽，平時都可以穿戴；雞鴨魚肉，日常都可以吃，過去向往的東西都變得非常平淡，因此過年就不會成為需要特別特待的時刻，如果再有過年歌謠出現的話，也不會有所謂的全家都要「笑」迎新年的場面了。

另外，我們還可以看到，由於習慣的變化，人們再也不會唱或者說傳統的民歌了，例如這樣的歌謠：「扇扇有涼風，夜夜打蚊蟲。誰要借我扇，請過八月半。」現在的扇子已經被電風扇、空調所替代，扇子已經逐漸淡出，因此這樣的民歌也不像過去那麼流行了。

其次，環境與習慣的變化。

環境的變化其中包括居住的變化，過去人們居住的是草屋或者瓦房，燒飯的地方有灶臺，灶臺上有燈臺，因此就產生了《小老鼠》歌謠：「小老鼠，上燈臺，偷油吃，下勿來，叫個狸貓背下來。」如果沒有燈臺，就不會產生這樣的童謠。

同樣習慣的改變，也會發生歌謠內容的變化。《丟手絹》是兒童遊戲時候唱的童謠，遊戲開始前，大家推選一個丟手絹的人，其餘的人圍成一個大圓圈蹲下。遊戲開始，大家一起唱：「丟，丟，丟手絹，輕輕地放在小朋友的後面，大家不要告訴他。快點快點捉住他，快點快點捉住他。」被推選為丟手絹的人沿著圓圈外行走。在唱完之前，丟手絹的人要不知不覺地將手絹丟在其中一人的身後。這樣的遊戲在江南很多地方都有，而且流傳得非廣，與此相應的是，這首童謠也十分流行。但是，現在兒童一般都很少佩帶手絹，因此，遊戲做所丟的手絹可能要被其他物品所替代了。

第三，生產方式與產品發展變化。

眾所周知，常州是生產木梳的地方，而且出產的木梳有非常高的知名度，

即使是皇宮裡梳篦用品，也都是常州生產。「宮梳名篦」是常州鄉俚民間傳統手工製造的一對源遠流長、工藝精湛的地方特產，梳篦，民間俗稱木梳、篦箕。木梳，又叫梳子（包括骨梳、牙梳、角梳、金屬梳和化工原料製成的梳子），梳子齒疏，一般用以梳理頭髮和鬍子；篦箕，又叫竹篦，實際上是一種用竹絲編成的梳子，齒密而富有彈性，主要用於去除髮垢。常州民謠云：「宮梳名篦，情同伉儷；延陵特產，花開並蒂！」《光緒武進陽湖縣志》「土產類」中也有「梳、以黃楊爲之者佳。篦，篦齒精熟。城西男婦多業此者」的記載。《清代常州梳篦業述略》也說：「本邑梳篦，爲了工藝特製品……銷數以清光宣年間爲最盛，年約銷銀幣二十餘萬元。」

　　正因爲梳篦的生產，也因此產生了關於梳篦的歌謠。

　　當年一首《木匠歌》唱道：「木梳勿做勿得過，山歌勿唱忘記多，三月十九偷個空，德安橋上唱山歌。」在這裡，就將「木梳勿做勿得過」作爲起興句，說明了木梳在常州一帶人們心目裡的重要性。一般起興句，大多數以花草、出水、年月等作爲起興的第一句，然後才連接下句，在第一與第二句之間必須有一個自然的過渡，如果兩者過渡準確，銜接切題，就能夠起到好的藝術效果。而這首《木匠歌》中的「木梳勿做勿得過」就達到了這樣十分好的起興句子。可惜的是，梳篦生產已經不再成爲常州著名的特產，這一行當也逐漸式微，可以相信，這樣的歌唱梳篦生產的歌謠慢慢地成爲了歷史。

　　第四，風俗習慣發生變化。

　　由於風俗習慣的變化，民間歌謠的內容及其產生的方式也同時發生變化，有些與歌謠相關的活動就不再舉辦，特別是民間自發的歌謠活動慢慢地消失了。

　　過去在常州民間，有一種唱春的傳統。所謂唱春，是一賀新春的活動。舊時藝人一般喜歡在春節或者農閒時，上門唱一種民間小調，並索取賞錢。這些唱詞多是吉利的話語，有的則見什麼唱什麼，有時候也演唱歷史人物故事。他們每到一村，能隨機應變，挨門換戶地唱，唱到人家酬以賞錢，便另換人家。常州唱春，起先有二人演唱（雙檔），後多爲一人演唱（單檔），身背搭褳（稱乾坤袋、龍袋），一手持春鑼（二斤重，寓意南北二京），一手持繪有龍鳳圖案的敲板（或無圖案的素色板，板長 13 寸，寓意 13 省），從鄉村到城鎮，串街走村、挨戶演唱，就眼前事物隨時編唱，眞所謂「出口成章，鑼鼓伴唱」。唱春者，大都是讀過些書的人，算得上鄉間的土秀才。他們口才

好，肚才也好，既心靈嘴巧，又強記博聞，再配上一副好嗓子，才能走村串巷外出營生。唱春的曲調，稱唱春調或春調，也稱「常州調」。它以十二月花名調爲代表，在節奏上更加歡快和熱烈，給人以一種喜慶的氣氛，早在光緒年間，上海百代公司就爲唱春調灌過唱片。1925 年，我國著名歷史學家顧頡剛明確指出：「唱春調，我們知是江蘇常州的出產。」

　　關於唱春的起源，有這樣一種傳說：明朝武宗時，一次他帶領幾名親隨喬裝改扮，外出暗察民情，至一山區，不幸遇上盜賊，銀錢被劫，失去盤纏，被困路上，回不得京城。這時，隨行大臣中有一位馮閣老，自告奮勇，手提小鑼，沿途賣唱，來解決皇上一行人的生活經費。這便是民間傳下來的馮閣老唱官春的故事。這是一個民間傳說，但是老百姓卻相信這個故事是眞實的，因此常州地方民間歌謠也有「馮閣老納帖送官春，常州唱到紫禁城，一直唱到午朝門」的說法。〔註2〕

　　如今這種唱春習俗已經不復存在，而其演唱的方式與歌詞也只能作爲文化遺產進行了保護。

　　民間歌謠的產生在一般情況下都需要一個依存的民俗文化基礎，這個基礎就是老百姓的生產、生活中間的習俗，因爲有了這樣的基礎，就產生了歌謠發生發展的土壤。但是，一旦這些基礎發生變化，民歌產生的條件就有了危險，不光如此，而且民歌的生存也同樣遭遇難以維繫的境地。

　　常州民歌也如此，面臨消亡，更面臨著後繼乏人的困境，因此必須需要加以保護，將這一非常寶貴的非物質文化遺產的寶貴財富繼續傳承下去。

〔註 2〕　《新華日報》2008 年 10 月 16 日。

第十七章　無可奈何花落去，似曾相識
燕歸來——吳歌生存狀況之思考

此題看上去顯得有些傷感，但是用於表現吳歌的歷史與現狀，應該是恰如其分的。

無可奈何花落去，似曾相識燕歸來，出自北宋詞人晏殊的《浣溪沙》一詞。其全詞為：一曲新詞酒一杯，去年天氣舊亭臺。夕陽西下幾時回。無可奈何花落去，似曾相識燕歸來，小園香徑獨徘徊。

這首詞寫作者在花園飲酒，看到滿地落花，心裡十分傷感。據說，晏殊太喜歡「無可奈何花落去，似曾相識燕歸來」這兩句了，後來他在一首七言律詩裡，又用了這兩句。這在古代詩詞裡，還是不多見的現象。

在「無可奈何花落去，似曾相識燕歸來」包含有完全對立的兩種季節場景，既有對現實的無窮心靈傷感，又對未來懷有無限的希望。

如果將這兩句詩句用在對現在吳歌的生存來說，似乎與此意境有些相似，既有對過去吳歌輝煌的懷念，又看到吳歌逐漸式微走向衰落的無奈心情，與此同時，又期待著一個新吳歌春天的到來，呈現出百花盛開、群燕飛舞的美麗情景。

第一節　無可奈何花落去

在現實中，花是美麗的，只是盛開之後必然會凋謝，這是自然規律，不以人的意志為轉移；在人們的願望裡，總是希望美好的東西能夠永存，事實上是不可能的。對此，無可奈何之心情可以理解，但是往往事與願違。為

什麼會產生這樣的情緒，就是因爲曾經看見過其光彩奪目的一面，希望它永遠以美好的狀態存在，一旦看見其花枝凋落，更有一種愛之深、恨之切的感覺。

將此情感用於吳歌上，亦無不可；或者也可以這樣說，吳歌在歷史上曾經輝煌過，像自然界的盛開的鮮花一樣。這樣美妙的民間歌謠，誰不願意讓其離開我們的生活，自然也就產生一種難捨難分的感情。

吳歌是輝煌的，魏晉南北朝的吳歌已經初步展現特具魅力的一面，特別是其中的情歌。《樂府詩集‧清商曲辭》所收主要產生於長江下游以建業爲中心一帶地區的南朝民歌，在今存 326 首的民歌裡，多爲女性的吟唱，生動而集中地表達了主人公對愛情的追求與堅貞，及其相思的苦楚和不幸，同時也表達了對婚姻不自由的苦悶，以及對男子負心的怨恨等，這些情緒與心理在這時候的民歌中眞實而形象地反映出來，這種眞摯火熱的感情和複雜難以名狀的心態表露無遺，至今在歷史上留下了寶貴的文化財富。

到了明代，吳歌已經達到一個高峰，大量表現新的生活內容的作品出現了，馮夢龍的《山歌》、《掛枝兒》裡就收錄此類作品。這時吳歌繁榮與明代社會開放的文化有直接的關係，商業的興盛，小城鎮的發展，及其資本主義萌芽的出現，大大地豐富了吳歌的題材，更多地帶有市民文化的色彩，例如在男女關係方面，有了更大膽的表露，痛快淋漓地表達心聲，而不再是委婉、悲情的敘述。

可惜的是在《山歌》等書裡，敘述男女私情的作品較多，掩蓋了明代民歌的整個面貌，其實，這種私情歌在當時民間創作中僅占據個部分，而不是全部，還有各種各樣反映生活、勞動、交際等內容的歌謠也有很多，只是未被全部記錄而已。歷代都有時政歌謠，明代也不例外。如宰相嚴嵩在任上貪污枉法，就遭到百姓唾罵，在街頭就流行了譴責他的歌謠，文獻記載：「往歲寇迫京畿，正上下憂懼之日，而嵩今肆益甚。致民俗歌謠，遍於京師，達於沙漠。海內百姓，莫不祝天以冀其早亡，嵩尚恬不知止。此嵩負國之罪七也。」〔註 1〕這裡所說的「民俗歌謠」，就是民間流傳的時政歌謠，不幸的是歌謠具體的文字已不得而知了。

明清時期的書坊空前，也爲民間歌謠的廣泛傳播提供了條件。特別是清末民初刊刻售賣時調、歌謠、民間小戲、彈詞等小唱本的書坊數量甚多，如

〔註 1〕 《明史》卷二百十列傳第九十八。

揚州的鴻文堂、聚盛堂，蘇州的恒志書社、秀歌書社等，它們刻印了大量的時調、小調，爲民間歌謠的傳播提供了資料，而不再靠強記硬背，這樣爲普通演唱帶來很多方便。另外，還有大量手抄本在民間流傳，固定了長篇吳歌基本格局，成爲傳唱者的基本腳本。

《五姑娘》、《趙聖關》、《鮑六姐》、《白楊村山歌》等一批長篇敘事吳歌，是幾代人的傳唱、加工、修飾而定型的藝術作品，是農業文明民間歌謠的頂峰之作，以後要超越這樣的作品難乎其難。這些作品的出現，並非一朝一夕，而是有一個長期積累、醸釀的過程；演唱這些歌謠的人，既是吳歌的傳承者，同時也是創作者。他們在傳承的過程中，賦予了原來作品的潤色、加工、修改、增刪等活動。這些增刪，是在有意識或無意識之中完成的。但他們都是這些長篇民間敘述詩最優秀最有才華的創作者，沒有他們的加入，要想出現如今這樣被世人所認可的具有高超的藝術水準的長篇民間歌謠是不可能的。

應該說，長篇吳歌不斷地被發掘，一個又一個長篇敘述詩出現在人們的視野裡，這是民歌史上的奇跡，也是吳歌達到頂峰的表現。

盛極而衰，從這個意義上來說，傳統意義上的吳歌逐漸消亡，就在情理之中。雖然其中有各種各樣的原因，但是最主要最重要的是農業生產方式、吳地語言及其傳承者的變化。

一是農業生產方式的改變。

絕大多數的傳統吳歌，誕生在農業文明時期，而農業文明時產生的吳歌必然與之相適應，而生產方式則是傳統吳歌的基礎。農業手工的勞作、及其農具的運用，有了創入吳歌的時間與空間。

東北角上烏雲起，弗是風來匣是雨，車水格郎哥唔蓑衣，小嬌娘篤篤轉轉無主意。涼帽蓑衣端莊齊，假花頭田裡捉田雞，閒人看見戳指尖，郎哥看見笑眯眯。〔註2〕

這是張舫瀾、馬漢民搜集的吳歌。很顯然，歌中每句都與農業生產的事物及其相關的器具有關，如下雨、車水、蓑衣、涼帽、水田、田雞（青蛙）等。而就在如此繁忙的雨裡勞作之中，則有另外一幅景象，男女談情說愛，雖然引起別人的紛紛議論，他們心中充滿愛意。這種強烈的場景對比，用的是農業文明的背景，反映的是人類共同的情感體驗，因此這樣的歌謠能夠留

〔註2〕《中國・蘆墟山歌續集》，上海文藝出版社，2014年版，第3頁。

下來，成為一個時代的文化而傳承下去。

清乾隆《吳江縣志》記載：「今民間所作之歌謂之山歌，而吳江之山歌其辭語音節尤為獨擅。其唱法則高揭其音，而以悠緩之，清而不靡；其聲近商，不失清商本調；其體皆贈答之辭，或自問自答，不失相和本格；其詞多男女燕私離別之事，不失房中本人；其旁引曲喻、借物借聲之法，淳樸纖巧，無所不全，不失古樂府之本體，實令聽者移情。」而這些技巧、形式都與當時的勞動生產、生活習慣直接相關。

如今城市化大大地壓縮了江南地區的農業生產的空間，就這樣一種壓抑的空間裡，呼吸都有一定的障礙，那種抒發人的心情的民歌就會受到很大的影響。民歌需要的是一種暢快淋漓的宣洩，而一旦空間受到限制，這種宣洩已經不可能。現代農業生產的空間也是十分有限的，沒有廣闊的地方，要想唱山歌也就不可能了。更何況在城市裡，強調城市的文明，不要大聲喧嘩，不要影響別人，已經成為現代城市的文明的標誌，如果再大聲喧嘩就會被禁止，甚至會有法律糾紛。

再說，很多農業生產活動不復存在，賴以生存的歌謠也就隨之消失。如《罱泥歌》：

> 倻唱個山歌來問聲：
> 徠阿曉得三白蕩裡有幾人幾手水頭深？
> 三白蕩南灘有幾條濱兜幾只灣？
> 徠阿曉得三白蕩朝南幾里到嘉興？
>
> 倻唱個山歌答問聲：
> 倻曉得三白蕩一人一手水頭深，
> 三白蕩南灘有九條濱兜九隻灣，
> 三白蕩朝南四九三十六里到嘉興。

如果說罱泥這種傳統的積累肥料的方法，在如今根本沒有意義，那麼罱泥時候一邊勞作一邊歌唱的基礎就不存在了。

二是方言的變化。

依然以《罱泥歌》為例，如果將歌中的倻、徠、阿曉得、濱兜的吳地詞匯換成普通話，或者用其他的地方語言來演唱，都無法表達出吳地語言的聲調和韻味。

這裡所說的語言，是指的方言，地方民歌是用方言歌詠，沒有方言就沒

有民歌，特別是對吳歌而言尤其如此。無論是前幾年的《中國‧蘆墟山歌》還是剛剛出版的《中國‧蘆墟山歌續集》都有大量的吳地方言，這些富有特色的語言構成吳歌特殊的要素與色彩。可以這樣說，沒有吳地的方言，就沒有吳歌獨立存在的價值，也就失去吳歌的藝術魅力。

方言是一種地方文化，沒有方言就沒有方言藝術作品，藝術作品裡的方言能夠體現出地方文化的意蘊。如今在城市包括農村的很多地方的建築、服裝越來越雷同的情況下，方言已經成爲是一個地方的重要文化的顯現，它的顯示，不僅僅是地方的語言，更是一種個人的身份與文化的認同。

方言作爲一種非物質文化遺產，隨著時間的推移會逐漸變化、消退，以至於慢慢的消亡，這是不爭的歷史規律。如果吳地方言消失，賴以生存的吳歌消失也將不會太遠。

有文獻記載：開元中，劉貺以爲宜取吳人，使之傳習，以問歌工李郎子。郎子北人，學於江都人俞才生。時聲調已失，唯雅歌曲辭，辭曲而音雅。後郎子亡去，清樂之歌遂闕。〔註3〕這裡的李郎子雖是北方人，但是他跟江都人學習吳歌，這時候吳歌聲調已經失傳，只會雅歌曲辭，等到他死了以後，清樂之歌也隨之失傳。這裡，古人早已將吳歌的消失歸咎於聲調（即方言與腔調）和歌者的原因。其中，聲調的作用更爲重要，它的變化、消失，決定了一個藝術品種的生死死亡，更加需要引起足夠的重視。

然而，現在的小孩子，越來越將普通話作爲第一語言，在與老師、學生進行交流，即使在家中與父母的談話，也是以普通話爲主。作爲潛在的吳歌接班人，他們的普通話遠遠好於吳方言，有的甚至不會說蘆墟方言，要他們的傳承蘆墟山歌幾乎不可能，因爲最根本的吳歌的韻腳、聲調都不能掌握了，談何山歌的演唱呢。

既然吳歌生存狀況絲毫不容樂觀，但是我們依然對於吳歌的未來抱有很大的希望。

三是傳承者的缺失。

吳歌需要傳承者，沒有傳承就沒有藝術的承襲，如果有具有天賦的傳承者來繼承這份文化遺產，就可以取得比其前輩更加出色的成就。《月子彎彎照九州》是一首長期流傳在民間的歌謠，經過歷代朝代的迭更，不斷加以修飾、改編，但是其基本思想和主要構成要素都未很大變化，把社會的不平等和人

〔註3〕《樂府詩集》卷四十四《清商曲辭一》。

與人之間的差距，描寫得淋漓盡致，眞實地反映了不同社會階層的不同處境，以及由內心發出的苦樂不均的憤懣感情。馮夢龍《山歌》中卷五《月子彎彎》將其寫定爲：「月子彎彎照九州，幾家歡樂幾家愁，幾家夫婦同羅帳，幾家飄散在他州。」即使如此，民間傳承者依然發揮他們的想像力與藝術創造力，在個別的語詞做了一定的修改。就是這種傳承者的加工，使得這首傳唱很廣的吳歌，有了更加廣闊的傳播地域。

因此，傳承者是吳歌存在的靈魂，沒有他們歌詠、傳唱，吳歌同樣面臨危機。

《樂府詩集》卷四十四《清商曲辭一》：「長安已後，朝廷不重古曲，工伎浸缺，能合於管弦者唯《明君》、《楊伴》、《驍壺》、《春歌》、《秋歌》、《白雪》、《堂堂》、《春江花月夜》等八曲。自是樂章訛失，與吳音轉遠。」可見，沒有「工伎」這樣的音樂傳承者，那些來自宮廷的古樂造照樣會失傳，更何況是聲調、歌詞都非常不固定的民間歌謠，如果沒有傳承者的繼承，更加會造成某一首民間歌謠乃至一種民間藝術形式的流逝與失傳。

歷史是這樣，現實也如此。《白楊村山歌》是一篇描寫愛情的漢族長篇敘事詩，流傳於上海市奉賢區。基本內容是描寫男主人公搖船哥薛景春和女主人公方大姐的戀愛悲劇。由於演唱者、傳承者朱炳良的過世，已經無人可以演唱這樣的長篇歌謠，即使其中的片斷，也很難尋找到可以演唱的接班人。

第二節　似曾相識燕歸來

「似曾相識燕歸來」，是一種期盼。

燕子秋天南去，春來北歸，不違時節，反覆往返，但到了春天「燕歸來」，這是不以人的意志爲轉移的客觀自然規律。

如果將這種規律運用於吳歌的發展上，就預示著吳歌的再次回歸到人們生活之中，也不是完全沒有可能。這是一種美好展望，也是對未來的一種憧憬。

特別在「相識」之前冠以「似曾」二字，表示體態相同，誰也難以分辨出其是否是舊巢雙燕，新生單燕。在吳歌發展史上，其作品不僅有傳統吳歌的特徵，而且還有新的吳歌出現，這些新的吳歌就有「似曾相識」的味道，爲整個吳歌事業帶來新的生命與活力。

這種新吳歌的誕生，有以下幾個因素：

一是吳歌地位的提升，有助於舖設良好的發展路徑。

現在吳歌成為國家的非物質文化遺產，得到了政府層面上的重視，不再是散落在田頭屋角，而是踏上了國家藝術的舞臺，有了各種各樣的吳歌表演、演唱及其各類比賽、活動、出版，如雨後春筍，這些對吳歌的保護、傳承起到了積極的作用。從傳播學的角度來看，吳歌已經跳出面對面的演唱方式，而是利用現代傳播手段（如電視臺、電臺、網絡的音響與視頻），將這些傳統民間歌謠保留下來，再次成為千家萬戶的一個節目，並且可以反覆播放。

其缺點是缺少演唱者與聽眾之間的情緒互動。

二是普及吳歌教育。

在江浙滬地區，吳歌的講習班、傳習所，在一些地方如雨後春筍。即使在學校也開設吳歌的教程，小學傳教吳地民歌，中學開展民間歌謠實習，大學講解江南民歌理論。在這些場所裡，吳歌有了一席之地，仿佛吳歌再次地方關注的焦點。

這些都在維繫吳歌的傳統，或許用這樣的方法，能夠學習到吳歌的演唱技巧，但是否能夠自覺地來演唱吳歌，又另當別論。自覺是一種文化上的認同，從心底裡喜歡這種民間藝術，而自願則是被動的行為，兩者不可同日而語。

三是大量的吳歌讀物的出版。

近些年來，吳地歌謠的出版如火如荼，成為吳歌出版史上的一件盛事。它說明了吳歌文化被重視，作品被得到了充分地挖掘，而且數量之多遠遠超乎人們的想像，將這些文化遺產保護下來，印刷成書，有效地保存了這些資料，而不至於無端流失。值得憂慮的是，現在被記錄被保存的吳歌還有多少在傳唱，還有多少作品還活在人們的口頭中，這些已不再被關心。《白楊村山歌》目前就是這樣的狀況，作者早已故世，作品也被多次出版，然而會演唱全部作品的人幾乎殆盡，無疑這是一種損失。

吳歌是活態的文化，是一種「唱」的藝術，如果沒有這個特點，無所謂吳歌了。

吳歌，又稱之吳歈。所謂歈，《康熙字典》載：「吳歌亦曰歈。《楚辭·招魂》吳歈蔡謳，奏大呂些。《注》歈、謳皆歌也。《庾信·哀江南賦》吳歈越吟，荊艷楚舞。又歔歈，舞手相弄笑也。或作邪揄。《後漢·王霸傳》市人

皆大笑，舉手邪揄。」簡單地說，吳歈即吳歌，就是用唱來表達情感的吳地歌曲。

唐朝詩人韓愈在《奉酬盧給事雲夫四兄曲江荷花行見寄并呈上錢七兄閣老張十八助教》裡可以看到當時情景：我今官閒得婆娑，問言何處芙蓉多。撑舟昆明度雲錦，腳敲兩舷叫吳歌。太白山高三百里，負雪崔嵬插花裡。〔註4〕這裡的「腳敲兩舷叫吳歌」就非常形象地表現出唱吳歌的愉悅樣子。句中的「叫」，用得十分之好，將吳歌的高亢、隨性的藝術特徵表露無遺。

《晉書‧樂志》曰：「吳歌雜曲，并出江南。東晉已來，稍有增廣。其始皆徒歌，既而被之管弦。蓋自永嘉渡江之後，下及梁、陳，咸都建業，吳聲歌曲起於此也。」《古今樂錄》曰：「吳聲歌舊器有篪、箜篌、琵琶，令有笙、箏。其曲有《命嘯》吳聲游曲半折、六變、八解，《命嘯》十解。存者有《烏噪林》、《浮雲驅》、《雁歸湖》、《馬讓》，餘皆不傳。吳聲十曲：一曰《子夜》，二曰《上柱》，三曰《鳳將雛》，四曰《上聲》，五曰《歡聞》，六曰《歡聞變》，七曰《前溪》，八曰《阿子》，九曰《丁督護》，十曰《團扇郎》，并梁所用曲。《鳳將雛》以上三曲，古有歌，自漢至梁不改，今不傳。上聲以下七曲，內人包明月製舞《前溪》一曲，餘并王金珠所製也。游曲六曲《子夜四時歌》、《警歌》、《變歌》，並十曲中間游田也。半折、六變、八解，漢世已來有之。八解者，古彈、上柱古彈、鄭干、新蔡、大治、小治、當男、盛當，梁太清中猶有得者，今不傳。又有《七日夜》、《女歌》、《長史變》、《黃鵠》、《碧玉》、《桃葉》、《長樂佳》、《歡好》、《懊惱》、《讀曲》，亦皆吳聲歌曲也。」〔註5〕

這些典籍資料都說明了一個事實，就是吳歌一門演唱的藝術。除了在有條件的情況下有樂器伴奏的演唱，還有田野的自由自在的無伴奏歌唱，而大多數情況下，後者居多。下管怎樣吳歌是一種唱的藝術。

可惜在出版物的文字記載裡，已經很少有這樣的場景。民間文學記錄的吳歌，大多數是文字，音樂界記錄的吳歌，又傾向於音樂本身爲主，因此導致了吳歌的音樂與文字的脫節，現在我們在書本中所看到的吳歌，或者是文字或者是音樂，已經基本沒有吳歌原生態的文化面目了。

〔註 4〕 《全唐詩》卷三百四十二。
〔註 5〕 《樂府詩集》卷四十四《清商曲辭一》。

　　四是仿製吳歌的出現。

　　仿製吳歌，與歷史上的仿民歌、擬話本相近，屬於一種根據民間藝術樣式而創作的新的作品。

　　馮夢龍搜集和整理，編輯了《掛枝兒》、《山歌》兩部民歌集，同時他也有仿製民歌集《夾竹桃》。

　　《夾竹桃》裡大都爲馮夢龍根據吳歌形式而仿製的作品，其中如《故燒高燭》：船前頭結纜接情郎，接著子情郎像一塊糖，歡眉笑眼，齊入洞房，雲濃雨膩，誰覺夜長，情哥郎只怕小阿奴奴困子去，故燒燭照紅妝。又如《閒看兒童》：花撲撲個嬌娘心易邪，眼前弗見俏冤家，乍晴乍雨，春光又賒，沒情沒緒，胭脂懶搽，（姐道）我遇子個樣時光、教我那哼過，閒看兒童捉柳花。

　　仿製吳歌，不僅是一種模仿，也是一種藝術創造。

　　「夾竹桃」，是馮夢龍首創的一種詞牌，首兩句爲七言，中間四句爲四言，末兩句又爲七言，可以任意加上襯字，其最早句均引用《千家詩》中的詩句；而「頂針」，也叫頂眞，則是用上文結尾的詞語作下文的開頭，使語句遞接緊湊而生動暢達的一種修辭方法，就像經常玩兒的「成語接龍」遊戲。因此，這部集子裡的山歌，其實並非眞正的民歌，而是是馮夢龍（浮白主人）引用《千家詩》中的詩句，運用頂針手法創作的擬山歌集。一如其在《夾竹桃頂針千家詩山歌》《前敘》所稱的那樣：「三句山歌一句詩，中間四句是新詞，偷今換古，都出巧思，郎情女意，疊成錦璣，編成一本風流譜，賽過新興銀絞絲。」

　　馮夢龍的仿製吳歌精神值得敬佩。在那個時代，沒有多少文人騷客，信息也不發達，將民眾的作品占爲己有，不會有很多人知道，對於後人來說，更無法求証，更何況自己也是民眾的一份子；再說，這樣做的結果，也不可能爲自己帶來很大的經濟利益，因此不會被人從經濟層面上加以譴責。

　　事實上，模仿也是態度。首先是對別人作品的尊重，而不是用別人的作品打上自己的招牌。其次是一種勇敢，勇於承認民眾創作的民歌，別人的作品並不代表是自己的創作，這是一種高尚，也是一種基本的創作原則。

　　馮夢龍的仿製吳歌，是因爲他非常熟悉吳歌，掌握了吳歌的藝術技巧，並已經達到如火純情的地步，在這樣的基礎上來仿製民歌，就易如反掌。

　　仿製吳歌的出現，是吳歌傳承的一個組成部分，已經成爲社文藝作和社

會文化的一部分。雖然「似曾相識」，但畢竟是文人自己的創作。

為什麼會有仿製吳歌？

一、現代社會的需要

在歷史上，勞動者「杭唷杭唷」的號子就是根據現實需要而產生的。黃帝時的《彈歌》是原始狩獵的歌謠，反映了那時候的社會狀況，歌詞僅有四句八個字，「斷竹，續竹，飛土，逐肉」，語言極為簡練質樸，具有那個狩獵時代的生產特徵和口語特徵，是真實的社會再現。

到了明清時期，隨著城市經濟的發展和市民文化的興起，反映市井生活和男女情事的時調小曲頗為流行，沈德符的《萬曆野獲編・時尚小令》曾有比較詳細的描述：

> 自兩淮以至江南，漸與詞曲相遠，不過寫淫情穢態，略具抑揚而已。比年以來，又有《打棗竿》、《掛枝兒》兩曲，其腔調約略相似，則不問南北，不問男女，不問老幼良賤，人人習之，亦人人喜聽之，以至刊布成帙，舉世傳誦，沁人心腑。

可見到了明代，江南地區流行的民間歌謠，就帶有強烈的社會流行的世俗文化色彩。

歌謠是人們社會生活的反應，經過千百年的演變，已有固定的表現形式和表現技巧。如今搜集到的傳統吳歌，其主要的表現形式早已固化，表現手法成熟而富有變化，已經形成一個獨特的藝術品種。有的作品，就其藝術性而言，也已達到一個巔峰。

在此情況下，人們需要有一種新的吳歌來表現新的環境、新的生活，於是就有了根據傳統吳歌形式而創作新吳歌，這樣就出現仿製吳歌。

仿製吳歌的越來越多，不僅是文人的仿製，也有民間歌手的擅自發揮，使得現在的吳歌越來越多，永遠像一個無盡的礦藏。

許多模仿的作品，並非沒有好作品，如新創作的吳歌，包括大躍進民歌，陸阿妹《翻身山歌》，趙永明《美國是只野心狼》，張雲龍《勞動人民翻身做主人》，都屬於新山歌，引起社會的廣泛關注。

這裡所說的新吳歌、新民歌，可以一概稱之為仿製作品。之所以為仿製作品，其來源於民間傳統的歌謠作品，只是在內容上嵌入新的時代符號與精神。但是它們不是傳統的民歌，是新創作的作品。因為這些作品裡，沒有傳

統的思想、農耕的背景和內在的個人情感，而只是模仿吳歌的形式、語言及其傳統的文化要素。

二、主流情感的需要

吳歌是農業社會裡的民間藝術品種，主要表達的是個人的喜怒哀樂，而這種情感不需要掩飾，也不需要偽裝，表現的是眞實的個人情感。

馮夢龍在《山歌》序裡就說過：「但有假詩文，無假山歌，則以山歌不與詩文爭名，故不屑假」。爲什麼山歌不假，是因爲它不爭名爭利，沒有功利目的，只有發出自己的眞情實感就可以。同時山歌也不需要借用男女之情來表達政治傾向，這是馮夢龍的編纂吳歌集子的目的之所在。故其曰：「若夫借男女之眞情，發名教之僞藥，其功於掛枝兒等，故錄掛枝詞而次及山歌」〔註6〕。

總而言之，吳歌沒有虛僞的情感，也沒有明顯的粉飾社會的用意，因此可以坦率地表露個人的欲望與情感。

明代《古今詞統序》中說：「我明詩讓唐，詞讓宋，曲又讓元，庶幾吳歌，桂枝兒，羅江怨之類，爲我明一絕耳。」民歌在明代極爲流行，數量可觀。由於民歌直接來自民間，感情眞摯，語言純樸，無絲毫做作，帶有一股濃郁的泥土芳香，洋溢者生活的氣息。明代民歌之所以繁榮，關鍵在於民歌之眞，存天地間至性至情之文，那些無病呻吟，粉飾太平，曲意做作的士大夫是無法企及的。

如今的仿製吳歌的作品，其個人情感慢慢的轉移到大眾情感的表達與敘述上，成爲當今吳歌的主流傾向。

《公羊傳何休注》：「餓者歌其食，勞者歌其事。」飢俄的人「歌其食」與勞動者「歌其事」，不僅僅表達的是所謂的「食」、「事」，而其所表達的依然是情感方面的內容，而不是就事論事的敘述，正因爲如此，其涵蓋了人類共同具有的思想情感，故有廣泛的藝術感染力，成爲傳承這種文化的基礎。

到了現在，吳歌的形式已經很少變化，但其思想情感及其表達方式發生了巨大變化。這主要表現在主流文化意識的凸顯，並且這種主流社會的思想、文代乃至語言都融入其中，成爲仿製吳歌的重要組成部分。

1949 年之後搜集到的吳歌，特別是新創作的仿製吳歌作品就大量存在這

〔註 6〕見《山歌》題。

種現象。一是收集者的態度、立場發生變化，二是創作者的注意力發生轉變，與社會意識的接近與吻合，三是主流思想強大的宣傳，所帶來的審美價值的改變。這些都造成吳歌與傳統吳歌在情感意識上的不同，而這些不同正是社會、思想及其文化，造就了現代的仿製吳歌。

三、仿製可以有偉大的作品

仿製的藝術，一般人看來，沒有創新，也沒有創意，一言而蔽之，其實不盡然，仿製的吳歌就有不朽的作品。李白《子夜吳歌‧秋歌》就是其中之一。

> 長安一片月，萬戶搗衣聲。
> 秋風吹不盡，總是玉關情。
> 何日平胡虜，良人罷遠征。

眾所周知，《子夜吳歌》是六朝樂府吳聲歌曲。《唐書‧樂志》：「《子夜吳歌》者，晉曲也。晉有女子名子夜，造此聲，聲過哀苦。」《樂府解題》：「後人更為四時行樂之詞，謂之《子夜四時歌》。」李白的《子夜吳歌》也是分詠四季，第三首《秋歌》。並由原來的五言四句擴展為五言六句，這是一種自然的情感延伸，也是主題思想的一種水到渠成的升華，既沒有形式上的生搬硬套，也沒有思想上的無病呻吟，因此成為中國詩壇上重要的仿製民歌的代表性作品。

現代已經有仿製吳歌的現象，朱海容的《甜歌》，就一種有益的大膽嘗試。但是總體而言，屬於鳳毛麟角，更無偉大、傑出的作品誕生。

盡管如此，我們還是期待一個具有時代特徵的新的偉大的仿製吳歌作品的誕生，並出現像唐朝詩人祖詠《送劉高郵棁使入都》所描述的那樣的壯麗的「吳歌喧兩岸」〔註7〕的熱鬧場景。

〔註7〕唐祖詠《送劉高郵棁使入都》：吳歌喧兩岸，楚客醉孤舟。漸覺潮初上，淒然多暮愁。（《全唐詩》卷一百三十一）

第十八章　民歌振興

第一節　什麼是民歌

民歌是有有韻律的口頭創作，是老百姓即興發揮的歌唱作品。

所謂原生態民歌，就是我國各族人民在生產生活實踐中創造的、在民間廣泛流傳的、原汁原味的民間音樂形式，是中華民族口頭非物質文化遺產的重要部分。現在有的已經被作為遺產保護起來了。

按不同標準，有不同的分類：

按地區分，有海南、湖南、湖北、河南、河北、黑龍江、新疆、西藏、江西、山西、陝西等民歌。

按民族分，有漢族、畬族、佤族、布依族、苗族、藏族、蒙古族、壯族等民歌。

按名稱分，有爬山調、花兒、長調、山歌、田歌、田山歌等。

按內容分，有勞動歌、愛情歌、苦歌、甜歌、哭嫁歌、哭喪歌、閒情歌、出征歌、酒歌等。

其實，民歌最終可以分成兩類：一是傳統口頭的，一是加工創作的。

現代創作的民歌，其實並非真正意義上的民間歌曲，而是一種文人創作，只是利用民歌的曲調、節奏和形式。這種民歌可以分成兩部分：一是曲，一是詞。一般而言，這些民歌都是一種原生態民歌的再創造，特別是曲調大多數與傳統民歌有著直接的關聯。

這種民歌是「原生態」，所謂「原生態」這個詞是從自然科學中借鑒而來

的。生態是生物和環境之間相互影響的一種生存發展狀態，原生態是一切在自然狀況下生存下來的東西。原生態民歌唱法是區別於學院派唱法的一種說法，學院派民歌唱法大多吸收了一些西洋唱法，原生態唱法卻是一種原始的未加工過的唱法，是自然的人性化的表現形式。那些真正地道的原生態歌手基本上未經過更多的民歌專業訓練，他們的歌聲來自於內心，來自於他們生活著的那片土地，他們的歌聲所表現的是一種熱愛生活、熱愛勞動的狀態，他們的歌唱不拘泥於時間、地點的限制，達到了歌抒情懷、想唱就唱、歌人合一的境界，如侗族大歌等。

以上所說的是對於民歌的原生態的曲譜而言的，同樣傳統民歌的詞也是原生態的。但是我們所說的原生態民歌，就是指它的曲譜和歌詞都是傳統的被祖祖輩輩傳唱的內容。當然這些內容和曲譜也不是一成不變的，而是根據人們生活的變化而變化，而有所改變的，同樣它也屬於原生態的東西。

在民間文學裡，我們所說的民歌，現在主要指的是民眾創作的集體作品，而新民歌是一種新創作的個人作品，就是根據傳統民歌的形式而創作的具有韻律的、口頭文學特點的藝術作品。無論是傳統民歌，還是創作的新民歌，都要有藝術性，其中最主要的特徵就是其口頭性，便於流行、傳唱。

第二節　生活是民歌的創作源泉

原生態民歌來源於民間生活，由群眾口頭創作，口口相傳，使其不斷豐富和發展。其歌詞精練單純，語言生動傳神，而且很講究韻律、比興等傳統的詩歌手法，曲調優美和諧，且朗朗上口，表達感情真摯，如陝西的信天游、甘肅青海的花兒、內蒙古的長調、新疆維吾爾等少數民族的民歌等。

一、民歌來源於生活的場景

「八百里秦川塵土飛揚，三千萬兒女大吼秦腔，撈一碗黏麵喜氣洋洋，不調辣子嘟嘟囔囔。」這首歌謠在陝西乃至全國都是非常有名的。四句三十五個字，通俗易懂，明白無誤地將陝西關中道上的自然環境和生活習俗表達出來。要說關中道上塵土飛揚，這講的是前些年的狀況。近些年來，高速公路的建設，國家退耕還林戰略的實施，使關中道上的環境改善了許多，塵土飛揚的現象大概只有在一些小城鎮或是農村才會見到。

在蒙古民族中也有一首古老的民歌，歌名叫做《黑駿馬》，歌中吟唱的主

題是一個蒙古騎手尋找他妹妹的過程。這是一個古樸而蒼涼的故事。作家張承志以這首民歌作為引子，寫下了一篇同題小說《黑駿馬》（載《十月》1982年第6期）。在這篇小說裡，張承志對蒙古民歌的起源進行了深深的思索，並作出了他自己的回答：

> 天地之間，古來只有這片被嚴寒酷暑輪番改造了無數個世紀的一派青草。於是，人們變得粗獷強悍，心底的一切都被那冷冷的、男性的面容擋住。如果沒有烈性酒或是什麼特殊的東西來摧毀這道防線，並釋放出人們柔軟的那部分天性的話——你永遠休想突破彼此的隔膜而去深入一個歪騎著馬的男人的心。

生活是真實存在的。因為是草原，才有了駿馬；因為有了駿馬，才有了騎手。由於荒涼、無奈，由於被折磨、欺壓，在騎手們心底積壓太久的那絲心緒已經悄然上升。它徘徊著，化成一種旋律，一種抒發不盡、描寫不完而又簡單不過的滋味，一種獨特的靈性。他們開始委婉敘述，悠長放歌，把自己心中沉默了太久的故事講述出來。這種不自覺的敘述，變成為一種悠長的歌曲，訴說自己的心事，卸下心靈的重負。這就形成了蒙古民歌的風格和特徵。

二、民歌來源於生活的記憶

民歌不僅是現實的民間藝術，而且記錄了一個民族的文化與歷史，特別是一個民族的古老歌謠，其可以說是包羅萬象，如苗族的《苗族古歌》、納西族的《人類遷徙》等都是這樣關於自己民族歷史記憶的民歌。

如羌族古歌《出征歌》和《酒歌》，老人在演唱這些羌族古歌時的表情，似在講述一段不堪回首的沉重歷史，旋律哀怨、悲愴。雖然外人聽不懂他們的唱詞，但都會被他們樸實的眼神、虔誠的聲音所深深打動。羌族老人們說，為什麼我們今天還要唱古歌，就是要讓羌族後人永遠勿忘祖先曾經征戰遷徙的滄桑史。

羌族是個只有語言沒有文字的古老民族，村裡的老人們既不識字，更談不上識譜。千百年來，祖祖輩輩傳承古聲部唱法僅靠口傳心授。因此，許多唱法由於記憶的原因在傳承中自然流失。

除了有對民族歷史的記憶，也有對自己親人的記憶。

如流傳於浙江慈溪的《孟姜女十二個月哭長城》：「正月裡來是新春，家

家戶戶點紅燈，別家丈夫團團圓，孟姜女丈夫造長城……」這是孟姜女對丈夫范喜良（亦稱萬喜良）去世的悲痛敘述，也是流傳甚廣的民間小調。親人故世，爲了懷念，人們會寫悼亡文章來祭奠亡者。這在文人創作中不勝枚舉，但是在詩歌史上，最著名的有兩個人的詩歌：一個是晉朝的潘安，一個是宋朝的蘇軾。

潘安寫的《悼亡詩》，演繹夫妻情深，是非常著名的。潘安長得帥，但潘安並沒有以此爲資本拈花問柳，他對妻子楊氏用情專一，十分難得。潘安 12 歲時，便與 10 歲的楊氏定親，楊氏是晉代名儒楊肇的女兒。婚後，兩人共同生活 20 多年，夫妻情深。妻子不幸早亡後，潘安對她念念不忘，作了三首有名的《悼亡詩》來懷念妻子。因爲他的詩，導致後世把掉亡詩也限制在了悼念妻子的範疇。

眾所周知，蘇軾的《江城子·乙卯正月二十日夜記夢》是作者追念亡妻王弗的悼亡名篇，詞云：

> 十年生死兩茫茫，不思量，自難忘。千里孤墳、無處話淒涼。縱使相逢應不識，塵滿面，鬢如霜。　夜來幽夢忽還鄉。小軒窗，正梳妝。相顧無言、惟有淚千行。料得年年腸斷處，明月夜，短松岡。〔註1〕

蘇軾 18 歲娶王弗，夫妻恩愛，相濡以沫，感情極深，故王弗去世十載之後，其形象在蘇軾心目中仍十分清晰。宦海浮沉中的蘇軾在乙卯正月二十日這天夜裡，忽然夢見王弗，不禁悲從中來，寫下此詞。這是一種發自內心的眞切情感，這是一種源於生命的情感體驗。

在民歌裡也有這樣感人肺腑的篇章，如上海南匯流行的《哭喪歌》。它與文人創作的最大不同，就在於不是特定對某個個人故世的悲哀情感的流露，而是將這種情感流露的方式固化，格式化，可以用來表現所有的已故的親人，並用這樣的方式來表達自己的哀思。

《哭喪歌》是上海農村喪葬習俗的一種表現，是在喪葬時所要唱的民歌，群眾都愛唱這類的民歌，因爲唱的是他們的生活，其中包括風俗內容。唱民歌是人們文化生活中的一種重要活動形式，是日常生活中不可缺少的一種需要，男女老少人人善歌。

〔註 1〕鄒同慶、王宗堂：《蘇軾詞編年校注》上冊，中華書局，2002 年版，第 141 頁。

　　《哭喪歌》分為散哭、套頭和經三部分。經，是結合喪葬儀式唱的，有《梳頭經》、《著衣經》、《出材經》、《床祀經》等。散哭，就是人死後，親人悼念他哭唱的歌，越是關係親近的人，唱得越是情真意切。如哭丈夫、哭妻子、哭父母、哭子女，痛之深，情也哀，哭者哀哀欲絕，不能自休，哭死者生前的種種好處和今後沒有親人的苦況，這種哭還往往勾起對自己一生的坎坷和悲苦的訴說，所以往往一發不可收拾。散哭的語言瑰麗多彩，想像豐富，比喻連篇，藝術性很強。

　　《哭喪歌》是民間的悼亡詩，同樣十分具有自己的特色。可惜的是，我們在談歷史上悼亡詩歌的時候卻不提及它，這是不公平的。

三、民歌是直接的生活描述

（一）反映婦女受苦的

　　在舊中國，處於封建壓迫最底層的勞動婦女，她們沒有戀愛、婚姻的幸福，有的只是一生不停地勞作，備受虐待摧殘的悲慘遭遇。如山西民歌：「正月我要去看我的媽、去看我的娘，婆婆說是正月忙，我說正月忙什麼？婆婆說是來客忙，拿起刀子哭一場，眼淚水兒砧板上……」

（二）反映單身漢生活苦的

　　過去由於無錢難以娶妻，這成為單身男子的一大痛處，而這種人的生活是痛苦不堪的。如「說起單身好不苦，衣服破了無人補，吃了許多含漿飯，穿噠幾多雞屁股」，就表現了這樣一種單身漢的悲慘情形。

（三）反映男女愛情的

　　情歌是反映男女愛情最真誠的心聲。「無山無水不成河，不帶姐郎不唱歌」，情歌在民歌中內容最為豐富，是民間歌謠中數量最多、最膾炙人口的一種，在歷代勞動人民特別是少數民族人民的愛情生活中，占有十分重要的地位。情歌表現的內容十分廣泛，其中傾吐男女愛慕之心的內容就非常多，如浙江民歌：「一愛姐來好人才，好比天下祝英台，十人看見九人愛；二愛姐來好頭髮，梳子梳來箆子刮，梳起盤龍插鮮花。」

　　由於情歌所表達的內容很多，也因此有了各種各樣的分類。有人將陝北的民間情歌分為情緣、情愛、情思、情別、情怨、情傷，有人將把渝情歌分為初交歌、讚美歌、相思歌、送別歌、起香歌等，有人將喀什噶爾的民間情

歌分為初識歌、試探歌、讚萌歌、相思歌、起誓歌、反抗歌、逃婚歌等，有人將滿族情歌分為求愛歌、相戀歌、相思歌、反抗歌等，有人將壯族情歌分為相見歌、初會歌、初連歌、催請歌、讚美歌、盤歌、結交歌、探情歌、逗情歌、求情歌、不嫌歌、定情歌、分別歌等，有人將土家族情歌分為相識歌、初戀歌、熱戀歌、盟誓歌、相思歌、訴苦歌、反抗歌、逃婚歌……

　　與此同時，情歌的表現手法也非常豐富。在陝北民歌中，常採用誇張的表現手法，著力渲染情人間相思的痛苦與難耐。如：「想哥哥想得渾身軟，拿起筷子端不起碗。想哥哥想得眼不明，貓蹄蹄認成你的蹤……」在陝北民歌中，「情別」同樣占有重要位置，如：「一出大門揚把沙，雙手手擦淚上了馬。馬蹄蹄踢來銅鈴鈴響，小妹妹把哥哥心揪上……你含著眼淚送哥哥走，哥哥的淚蛋蛋順心心流。」在這樣淒涼場景的描寫中，在這樣傷感情緒的感染下，恐怕讀者的眼淚也要禁不住「順心心流」了吧。

　　還有表達相思之情的，如左權《苦相思》：

　　　　山藥蛋開花結圪蛋，圪蛋親是俺心肝瓣。

　　　　半碗黃豆半碗米，端起了飯碗想起了你。

　　　　想你想得迷了竅，尋柴火掉在了山藥蛋窖。

　　　　我給哥哥納鞋幫，淚點滴在鞋尖上。

表現情人相會的，如河曲《依心小話話說不完》：

　　　　東蔭涼倒在西蔭涼，和哥哥坐下不覺天長。

　　　　野雀雀落在麻沿畔，依心小話話說不完。

　　　　你要和小妹妹長長間坐，覺不著天長覺不著餓。

以上這些情歌都是非常經典的作品。

第三節　民歌是生活的真實體驗

一、民歌是生活真實體驗的產物

　　新加坡《新明日報》2009 年 1 月 28 日有報導：李白這首家喻戶曉的《靜夜思》，在華人社會中廣為流傳，連三歲孩童也能朗朗上口。但一名日本華裔初中生相木將希，卻有新的發現，原來這首《靜夜思》是被明朝人改寫的，真正的《靜夜思》原裝版本，與普通流行的《靜夜思》略有出入。詩中的兩個「明」字，分別是「看」和「山」：「床前看月光，疑是地上霜。舉頭望山

月，低頭思故鄉。」這裡的「看」和「山」的改動，是不同的生活體驗。如果是客居山區，晚上所見的是「山月光」，抬頭所見也是「山月」，這就無可挑剔了。而被明代改寫的更體現了大多數人的一種感受與體驗。

在民間歌謠裡，這種生活的體驗同樣很多，或者可以說，民歌就是真實生活體驗的反映。在這類民歌裡，有一種類別就叫「生活歌」，表現的是人們的生活與感受。過去最多的是關於婦女生活內容，反映的是她們被歧視、被壓迫的場景。當然也有表現人們生活情趣的，如《放風箏》、《繡燈籠》、《回娘家》、《看秧歌》等。

傳統民歌對愛情的描寫特別多，但同樣表現的是生活的真實體驗。如左權《有了心思慢慢來》，情人們互相表達愛慕之情：

　　（男）櫻桃好吃樹難栽，有那些心思口難開。
　　（女）山丹丹開花背洼洼開，有了心思慢慢來。
　　（男）青石板開花光溜溜，俺要比你沒一頭。
　　（女）穀地裡帶高粱不一般高，人裡頭挑人就數你好。
　　（男）沙地裡栽蔥紮不下根，因為俺家窮不敢吭。
　　（女）烟鍋鍋點燈一點點明，小酒盅量米不嫌你窮。

情人之間的愛慕是人類共有的情感，而在物質條件非常貧乏的情況下，人們有的只是真情、愉悅。在這首左權民歌裡，能夠看到的是兩個戀人之間的真實感受，絲毫沒有虛偽，反映了人們對於理想中的愛情的追求與嚮往。

二、不同的生活體驗會有不同的作品

民歌對於生活的體驗，與詩歌對於生活的體驗是不同的；換句話，詩人對生活的感受，與民歌手對於生活的體驗是不一樣的。為什麼呢？因為生活給予他們的感受是不同的。

同樣是一首放牛歌，惠州山歌《掌牛歌》（放牛歌），多是掌牛仔（放牛郎）放牛時解悶所唱的，多是訴說生活的貧苦、艱辛，聊佬妹仔等內容。而詩人同樣寫放牛歌，不僅表現的內容有很大不同，而且情感也有不同。詩人用笛聲來襯托田園的風光，表達們他們對自然山水的讚頌，同時他們更在意的是詩外之意。如宋代周敦頤《牧童》一詩：「東風放牧出長坡，誰識阿童樂趣多？歸路轉鞭牛背上，笛聲吹老太平歌。」不僅表達了對田園風光的迷戀，更是借此來說明自己的政治理想，強調社會的安寧和太平。

值得注意的是，還有一首由黃庭堅七歲時作的《牧童》詩，同樣格外發人深省：

> 騎牛遠遠過前村，吹笛風斜隔隴聞。
>
> 多少長安名利客，機關用盡不如君。〔註2〕

作者直接將牧童生活與「長安名利客」加以對比，更鮮明地表達了對官場仕途的厭倦和對兒童生活的向往、對童心的追尋。在這首詩裡告訴人們，與其躋身仕途爭逐名利，還不如在田間那麼自在。這首詩描繪了一幅恬靜的田園生活圖畫，牧童騎著牛，吹著笛，悠閒自得地在山野之中，自然放鬆，遠比那種在名利場上爾虞我詐要好過得多。詩裡後兩句雖有說教，但通過前後強烈的對比，將作者的表白完全表達了出來。

第四節　民歌的四次輝煌時期

第一次是先秦時期

在這一時期，出現了一大批像《關雎》「關關雎鳩，在河之洲。窈窕淑女，君子好逑」的好作品，這樣的民歌在社會上廣泛流傳。除了男女之間的愛情歌曲之外，更多的是反映當時社會狀況和百姓疾苦的民歌。由於民歌不是休閒的詠唱，而是真實心聲的流露，因此當時的統治者為了了解老百姓的生活以及他們的想法，就專門派人進行采風活動，以便更多地掌握民情。

《詩經·國風》產生的時間，考之於《詩經》各篇《小序》所說美刺某王、某公的本事，多數不足信，但也有一部分材料比較可靠，能夠據以確定《風》詩大體為西周初期至春秋中期的作品。由於這個時期，人們表達意願的主要方式就是唱歌，不管是生產還是娛樂，都是用歌舞來進行的，因此可以知道，這時候的民歌用成千上萬來形容並不為過。正因為有了這樣的民歌海洋，才有了孔子編選《詩經》三百首的基礎。

第二次是魏晉南北朝時期

南北朝民歌是繼漢樂府民歌之後，以比較集中的方式出現的又一批人民群眾口頭創作，是中國詩歌史上又一新的發展。它不僅反映了新的社會現

〔註2〕 〔清〕厲鶚：《宋詩紀事》卷三十三，上海古籍出版社，1983年版，第815頁。詩後小注：「《桐江詩話》：世傳山谷七歲作。」

實，而且創造了新的藝術形式和風格。一般說來，它篇制短小，抒情多於敘事。南北朝民歌雖是同一時代的產物，但由於南北的長期對峙，北朝又受鮮卑貴族統治，政治、經濟、文化以及民族風尚、自然環境等都大不相同，因而南北民歌也呈現出不同的色彩和情調。《樂府詩集》所謂「艷曲興於南朝，胡音生於北俗」，正扼要地說明了這種不同。南歌的抒情長詩《西洲曲》和北歌的敘事長詩《木蘭詩》，爲這一時期民歌生色不少，《木蘭詩》尤爲卓絕千古。

流傳於江南的吳聲歌曲，可以說是這時期民歌的一個代表，出現了《子夜歌》、《碧玉歌》等一大批優秀作品。爲什麼會有這樣的現象？其實這與江南地區的社會安定、經濟繁榮是分不開的。

南朝各國主要都是由寒門建立，如劉裕、蕭道成等都是寒門出身，並獲世族之擁護。由於執政者的努力，出現了元嘉之治與永明之治等盛世，使得國力富強。然而世族只想保有自身政治地位，並非全然支持皇室；而皇室也因爲爭奪皇位的鬥爭，時常發生宗室血腥事件。這些使得各朝更替不斷。由於戰略運用錯誤與北朝的興起，使得南弱北強，疆域漸漸南移。到南朝梁時，爲梁武帝改善，使南朝國力再度勝過北朝。

第三次是明代

明馮夢龍《山歌》、《掛枝兒》、《黃鶯兒》、《吳儂巧遇》等不朽著作流傳至今，明陳弘緒說吳歌「爲我明一絕耳」。

明朝初年，國力極盛一時，曾北進蒙古，南征安南。明英宗幼年即位時，朝中由楊溥、楊士奇、楊榮「三楊」主持政局，「海內清平」。至正統七年（1442），宦官王振開始擅權。正統十四年（1449）發生土木堡之變，國力發展開始停滯。正德（1506～1521）、嘉靖（1522～1566）朝始漸中衰，社會矛盾萌發，並面臨蒙古、倭寇兩大外患。明神宗萬曆朝（1573～1620）初期，在名相張居正的輔政之下曾一度中興。後世計當時朝廷歲收，明朝的經濟規模可稱世界第一。唯至萬曆朝中期始，皇帝與廷臣不睦，終致怠政、官員腐化，關外女眞興起，明朝開始走向衰亡。

第四次是 1958 年「大躍進」民歌運動

1958 年「大躍進」民歌運動，又稱之爲「新民歌運動」，排除其提倡者的政治目的之外，就其規模而言，應該是民歌史上參加人數最多、作品最多的

一次民歌運動。1958 年 4 月 14 日的《人民日報》上發表社論《大規模地收集全國民歌》，提出要收集民歌，這樣做的好處：一方面「對於詩歌工作者們作為充實自己、豐富自己的養料」，「與群眾相結合，拜群眾為老師」具有重大意義；另一方面使「鼓舞人民、團結人民」和「促進生產」的傳業「能夠收到很大的效果」。

在社論的鼓舞下，出現了全民創作民歌的高潮，有了一批好作品。如湖北麻城《妹挑擔子緊緊追》：「情哥挑堤快如飛，妹挑擔子緊緊追，就是飛進白雲裡，也要拼命趕上你。」還有《送糞曲》：「東方白，月兜落，車輪滾動地哆嗦，長鞭甩碎空中霧，一車糞肥一車歌。」此歌先被《蜜蜂》雜誌刊登，後被收入郭沫若、周揚編《紅旗歌謠》一書。

在上海，也有大批的民歌手出現，同時也帶來了新的題材和風格。如上海紡織廠工人寫的民歌：

> 你是一隻鐵手臂，高呼口號舉上天；
> 你是一支大毛筆，描畫祖國好春天。

上海建築工人寫的民歌：

> 腳手像天梯，一級高一級，
> 直插彩雲頭，俯視千山低。

這種浪漫、誇張的民歌，是這個時期民歌的主要文化特徵，是與當時的時代風貌緊密地聯繫在一起的。沒有高昂、狂熱的社會氣氛，是不可能產生這種新民歌色彩，更不可能有那種出乎現實的想像與熱情。對於一個時代來說，民歌記錄的是一種社會的狀態，同時也表達了作者自己生活感受。應該說，躁動、升騰的時代必然會造就一種與之相配的民間創作，要其遠離這種社會與生活的狀況，也是不現實的。民歌同樣受此影響，只不過民歌更是體現那個時代的文化符號，更真實地反映了那個時代的面貌而已。

第五節　創作民歌的生活缺失

現在，網絡上流傳的無名氏作者的民歌，反映的生活非常迅速也很真實，表現了民歌最基本的文化特質。

民歌是最貼近社會生活的，是生活的真實反映，要反映生活的情趣，即使是非常私人的題材也可以在表現之列。夫妻經濟關係的內容，就有這樣一些民歌生動地表現，一時成為口頭流傳的佳句。如《全包》：

工資全部上交，包括計劃外的；

剩飯全部承包，包括餿了的；

家務活全幹，包括岳母家的；

思想天天匯報，包括一閃念的。

《三從四德》：

妻子出門要跟從，

妻子命令要服從，

妻子講話要盲從；

老婆生日要記得，

發了脾氣要忍得，

老婆花錢要捨得，

老婆心事要懂得。

但是如今有一些民歌創作者沒有跟上時代的腳步，對於當今複雜、多彩的社會現象並沒有去真實地表現，沉湎於一般的泛泛而談的讚美，而沒有自己獨到的視角與體驗，這樣的民歌要去感染別人是很難做到的。

民歌要有現代意識，就應該表現社會的現象，而不是用所謂的概念來取代文藝的自然表現。民歌要有現代意識，就應該表現人們的現代情緒，而不是用過去的所謂大眾化的思維來取代文藝創作的獨特視角。只要這樣才能夠將民歌的真實的個性化的東西奉獻給喜歡民歌的人，也才能夠得到大家的共鳴。那麼現在創作民歌缺少什麼？

一、缺少現代生活的特質

「大躍進」時代，我們民歌有對生活發出最響亮的聲音。陝西安康的一首《我來了》在全國傳誦，具有相當大的震撼力：「天上沒有玉皇，地上沒有龍王，我就是玉皇！我就是龍王！喝令三山五嶽開道，我來了！」

現在，這樣表現時代特徵的民歌卻很少，或者說能夠真正反映社會內在的文化層面的內容並不多，相反的是四句順口溜似的民歌卻不少。有人說，他一天就可以做出幾十首。試想一想，好的藝術作品是每天都能夠批量生產的嗎？如果是這樣，還要藝術家幹什麼呢？

二、缺少生活的多樣性

現實生活是豐富多彩的，酸、甜、苦、辣等味道都是生活的調味品，而

不只是一種甜的味道，更大多數的生活是酸、甜、苦、辣等互相交融的，這才是生活的眞實狀態。

《回家鄉》：

> 多年不見老村莊，山川依舊窮模樣；
> 不見莊稼綠又長，青壯外流跑異鄉。
> 記得那座化肥廠，以爲日夜生產忙；
> 誰知還是老模樣，原來資金吃喝光。
> 可憐我的老村莊，徵地開發一哄上；
> 沒了昔日禾苗壯，只見未完工的商品房。

這首民謠表達了大學生回鄉的深切感受，唱出了令人心酸的悲歌，表達出有些地方當局荒廢農業，一窩蜂搞開發區，炒地皮，最後大多落得到處是一座座沒有完工的商品房的殘酷結果。

《吃貧》：

> 扶貧小姐下鄉來，官小可眞有口福；
> 走一路來吃一路，管他是貧還是富！

這個順口溜對某些扶貧幹部的描寫，可謂入木三分，挖苦得淋漓盡致。上級一再指示要做好對窮縣的扶貧工作，也撥下專款幫助貧困農民發展生產。但有些扶貧幹部只知吃喝應酬，下鄉跑一趟窮山溝，竟然「走一路來吃一路」，把扶貧的有限款項都吃光了，結果「扶貧」變成「劫貧」，管你農民是貧還是富。

《農民苦》：

> 買的都是貴的，賣的都是賤的；
> 要的都是現的，給的卻是欠的。

這一民謠反映在某些地區，農民買化肥農藥都是高價，賣農產品都是低價，各種攤派都要現金，而賣農產品所得到的卻是賒欠的白條子。

三、缺少現代勞動方式的描寫

過去，民歌都是農耕社會的產物，人們在勞動的過程中有感而發，唱自己的感受，敘述個人的喜好。現在，由於工業的發達，傳統的一些農耕勞動方式正逐步被機械、電子等設備所代替，勞動方式的改變也意味著伴隨手工勞動一起產生的民歌會逐步消失。如：過去的房子都是土木磚瓦結構，每當

建房時，都要伴隨著瀟洒而豪爽的打夯歌、打樁歌等勞動號子來進行勞動，《打夯歌》、《打夯號子》就是伴隨著勞動而產生的民歌。而現在的房子都是鋼筋水泥結構，機械化的設備，現代化的工作方式代替了傳統的手工勞動，伴隨手工勞動的號子自然也就不需要了。重慶的《川江號子》是川江船工們爲統一動作和節奏，由號子領唱，眾船工幫腔、合唱的一種民間歌唱形式。爲了生存，船工在長江邊拉纖，幫助船逆水行舟。現在，這種勞動形式隨著科學技術的進步而被逐漸淘汰，因此這種《川江號子》也慢慢地淡出人們的視野。應該說，隨著社會的發展，人類的進步，勞動生產發生了很大的變化，如人類對環境保護的重視，不能對森林隨意採伐，因而《伐木號子》等也會因此消失；還如漁民唱的《打魚號子》、《拉網號子》等，由於勞動方式的變化，這些傳統的東西不再受到傳承，其實這是正常的現象。所謂「皮之不存，毛將焉附」，用在這裡，也不爲過也。

　　現在，創作民歌往往將勞動與愛情相割裂。將個人的愛情與情感放在勞動場景中進行表達，這是中國民歌文化的傳統，在歷史上有很多這樣的例証。民歌場景的表達，其中有一個重要方面就是勞動與愛情緊緊結合在一起，現在很少看到這樣的作品。人們的戀愛、婚姻、家庭是生活的一個組成部分，民歌要加以表現，而且能夠很好地結合，使之產生動情的效果。

　　一些典型的民歌，如《哪有閒心談愛情》（見《紅旗歌謠》）：

　　　　女兒窗下動腦筋，媽媽見了起疑心，

　　　　姑娘人大心也大，莫非外邊談愛情？

　　　　媽媽眞是舊腦筋，不該對我起疑心，

　　　　廠內技術大革新，哪有閒心談愛情？

同樣，表達現在勞動者的生活現狀，也產生了一些民歌。這些民歌往往抓住勞動場景，描寫不同勞動階層的人群。

四、缺少對於風俗習慣的描寫

　　風俗習慣是人們日常生活的一部分，更是民族表現的主要內容。因此在男女相戀時，以歌爲媒；在喜慶節日的時候，以歌相賀；在生活勞動中，以歌傳言，以歌傳情，等等。正因爲如此，就產生了各種各樣的豐富多彩的民歌形式與民歌內容，如《祭祀歌》、《情歌》、《新娘歌》、《哭喪調》等。過去，有的民族舉辦婚禮要有一定儀式，還要專門聘請人來唱歌。

上海《哭嫁歌》反映的是舊時習俗，新娘出嫁之前，邀集要好的女友來家陪伴新娘歌唱數日，每日從黃昏唱至半夜，最後一天則唱到新娘上轎爲止。而所唱的內容也很多，有感謝父母養育之恩，有表達姐妹依戀之情的，有埋怨父母包辦婚姻的，也有斥罵媒人或訴說做媳婦苦楚的，也有少數是向新娘祝賀的，等等。這些曲調一般都取自各地的山歌小調，大多以哀怨憂傷爲主，無伴奏。20 世紀 50 年代，有些地區仍保留著這種風俗，但內容已有所變化。

現代創作的民歌一般都是表現大的題材，而對充滿生活情趣的場景很少顧及，顯然有悖於民歌的傳統。

五、缺少口語的提煉

口語是民歌的生命，它是傳達與交流的工具，如果沒有用口語進行表達，是不會產生交流的，更談不上藝術效果，因此民歌中的口語是非常重要的。而民歌裡的口語是要提煉的，不是任何口語都可以寫入民歌。現在創作民歌，往往不太注重這種修辭方式，認爲只要押韻就行，而不顧及其他。

民歌創作是口頭創作，應該用口語，能夠便於流傳，這是民歌很重要的特點。而口語化的民歌往往能夠傳唱久遠，如《草原情歌》就是這樣的例子。它用樸素的口語、悠揚的曲調、娓娓道來的故事，曾經吸引了多少人傳唱，其中一個關鍵因素，就在於其歌詞樸實，非常口語化。

眾所周知，《草原情歌》已不是純粹的民間色彩非常濃烈的歌謠，音樂家對其進行了再次甚至多次創作，才能夠有如今這樣的藝術魅力。因此，我認爲，凡是真正好的作品，其中也包括民歌，除了需要民眾的口頭創作之外，也需要專業人士對這些作品進行適當的加工，這樣才能夠使得作品更富有色彩，才能夠將作品裡最發光的東西顯示出來。

大家知道，元代有一首《我儂詞》非常有名：

你儂我儂，忒煞情多。情多處熱似火。把一塊泥，捏一個你，塑一個我。將咱兩個，一齊打破，用水調和。再捏一個你，再塑一個我。我泥中有你，你泥中有我。與你生同一個衾，死同一個槨。

〔註 3〕

〔註 3〕 〔清〕沈雄：《古今詞話》詞話下卷《趙管唱和》，見唐圭璋編：《詞話叢編》，中華書局，1986 年版，第 797 頁。

據說這是趙孟頫之妻管夫人寫的，又名《我儂曲》，其實是一首模擬民歌而創作的作品。

作者是管道昇（1262～1319），元代著名的女性書法家、畫家、詩詞家，字仲姬，又字瑤姬，乃畫家趙孟頫之妻，湖州吳興（今浙江湖州）人，世稱管夫人。她天資聰慧，才華橫溢，書善行楷，風格類夫；畫長墨竹梅蘭，兼工山水、佛像；詩詞、文章，無所不能。據說，趙孟頫中年後想要納妾，管氏默默寫下該詞，趙看後深深感動，遂打消此念。

管夫人的這首詞表達的純粹是她個人的心情，通過泥塑來再現對於愛情的渴望。兩個人如同兩個泥人，也象徵著兩個已經結婚的夫妻。為了使得兩個人的愛情得到新的發展，就像將兩個泥塑人，一個是男的，另一個是女的，重新打破、碾碎，然後用水混合起來，再重塑兩個男女泥人。新的泥塑男女，你中有我，我中有你，不能夠完全分割。其表達的方式完全是口語的，具有強烈的民歌風韻，寫得非常純真、非常到位。因此可以証明，口語是寫好民歌很重要的一個前提，其絕不亞於用文言來表達思想與情緒，《我儂詞》就是用事實証明了這一點。

六、缺少對表現手法的追求

現在創作的民歌太過於直白，沒有運用更多的藝術手法。而無曲就非常有特色，如《〔正宮〕醉太平‧譏貪小利者》：

> 奪泥燕口，削鐵針頭，刮金佛面細搜求：無中見有。鵪鶉嗉裡
> 尋豌豆，鷺鷥腿上劈精肉，蚊子腹內刳脂油。虧老先生下手！〔註4〕

這是一首運用高度誇張手法、表達強烈諷刺意義的小令精品。起首三句，在三個分述和一個總括中，無一字言「貪」，而貪者形象卻躍然紙上。五、六、七句用三個逐步深入的意象，繼續挖掘貪者之心：對一切可以撈一把的事物從不輕易放過。鵪鶉吞到嗉裡的豌豆，他要掏出；鷺鷥細長腿上，他要劈下精肉；蚊子小肚內，他要刮出脂油。這一系列藝術的誇張和形象的比喻，鮮明地突出了「貪小利者」的本質。結句精警，抨擊有力。所謂「老先生」者，實指元代的各級官吏。全曲寓莊於諧，嬉笑怒罵皆成妙文，體現出元曲爽朗、幽默的風格。

〔註4〕蔣星煜主編：《元曲鑒賞辭典》，上海辭書出版社，1990年版，第1122頁。

第六節　新民歌的振興

一、上海有非常濃厚的民歌基礎

歷史上，上海不僅有唱民歌的傳統，如農民的山歌（青浦《田歌》），而且還有頗具特色的碼頭工人的號子，如南匯的《哭喪歌》、《哭嫁歌》，奉賢的長篇敘事歌《白楊村山歌》，等等。

上海曾經出現過大量的民歌創作人才和收集人才，創作人才如皮作玖、居有松、王森等。如皮作玖的兒歌《小鳥學我操操》：「風吹楊柳飄飄／小鳥學我操操／我伸腿／它踢腳／我拍手／它跳跳／我把腰兒彎彎／它把尾巴翹翹／操好了／再見了／小鳥撲哧撲哧飛走了。」這首兒歌運用摹聲詞及疊詞疊韻，表現出漢語語言的音律美、回環美與活潑生動的形象，切合幼兒學習語言需反覆記憶的特點。

二、振興所具備的條件

我們的社會提供了展現民歌創作的一個廣闊舞臺，但是缺少的是好的新民歌作品。因此，我們必須遵循民歌的基本特性以及創作方法，才能夠創作出好的作品來。

（一）民歌振興要有自己的個性

民歌與其他藝術品種不同，它不是詩歌，也不是打油詩，鑼鼓書、快板等門類。首先，民歌是一種藝術，而不能將之變成標語口號式的東西，不是文字宣傳工具。其次，民歌需要精心構思，反覆吟唱，而不只是信手拈來的，脫口而出，需要不斷推敲，才能夠形成好的民歌。

（二）民歌振興要有自己的風格

民歌要有清新的風格，這是其生存的一個基本條件，也是與其他作品不同的一個方面。不要晦澀，令人看不懂。

質樸也是民歌的主要特徵之一。它沒有故意的修飾，更沒有塗脂抹粉，它不要奢華，喜好率真，毫不虛偽，想唱敢唱，使所唱的內容與想做的行為幾乎完全一致。只有這樣才能夠體現出民歌的真切與質樸，這樣表現出來的情感才能夠感動人。

（三）民歌振興要有自己獨特的視角

《小老鼠偷油吃》：「小老鼠，偷油吃，上灶臺，下不來。」這首傳統兒

歌利用的是小孩子的眼光，把老鼠偷油的可笑情形記錄下來，表現兒童的幼稚與好奇。在一個成年人的思維裡，一般就沒有這種童趣，就不會對這種小動物進行細致觀察，也就不會產生這樣的兒歌。當然兒歌作者除外，因為他們會用兒童的目光與心情去捕捉生活的細節，體現兒童的淳樸想法和天真思想。

（四）民歌振興需要音樂的加入

這裡，比較有代表性的例子就是江蘇民歌《茉莉花》，這已經成為大江南北傳唱的一首名曲，介紹中國民歌時都會將它拿出來作為一個典型。

據民俗專家夏玉潤考証，其最早版本為清乾隆年間（1736～1795）刊印的《綴白裘‧花鼓》中的插曲。此劇演的是一對鳳陽夫妻打花鼓賣藝，被浪蕩公子曹月娥騙至家中，唱了一首《花鼓曲》（又稱《鮮花調》）。該曲共 12 段，前兩段唱詞是：「好一朵鮮花，好一朵鮮花，有朝的一日落在我家。你若是不開放，對著鮮花兒罵。你若是不開放，對著鮮花兒罵。〔又〕好一朵茉莉花，好一朵茉莉花，滿園的花開賽不過了他〔它〕。本待要採一朵帶〔戴〕，又恐怕看花的罵。本待要採一朵帶〔戴〕，又恐怕看花的罵。」〔註 5〕《鮮花調》非常著名，好唱易流行，深得民間藝人的喜好。600 多年前，鳳陽花鼓藝人走遍全國流浪演出，將這首民歌傳唱到各地。到了清末，隨著地方戲曲的興起，這首小曲成為全國眾多地方曲藝、各地民歌中的重要曲目。18 世紀末，《鮮花調》傳至英國，後傳遍世界，並被意大利作曲家普契尼用於歌劇《圖蘭朵》中。這樣一來，《鮮花調》的名聲也越來越大，最後成為家喻戶曉的民歌作品就不足為怪了。

由於音樂工作者的加入，20 世紀 30 年代以後出現了一大批廣為傳唱的經典作品，如《在那遙遠的地方》、《烏蘇里船歌》、《敖包相會》、《山丹丹開花紅艷艷》、《達坂城的姑娘》、《康定情歌》、《掀起你的蓋頭來》等等。這種成功的現象屢見不鮮，已經成為中國民歌史上一種帶有規律性的發展途徑。

〔註 5〕　〔清〕錢德蒼編，汪協如校：《綴白裘》六集卷一《雜劇‧花鼓》，中華書局，
　　　　1955 年版，第 48 頁。

附　録

試論我國新體詩歌的創立及其發展

　　《詩刊》一九七八年一月號發表了毛澤東給陳毅同志談詩的一封信。這封重要信件不僅指出了詩歌要用形象思維的方法反映階級鬥爭與生產鬥爭，肯定形象思維在詩歌及其他文學藝術創作中的作用；同時也再一次提出了我國詩歌的發展問題。鑒於「白話寫詩，幾十年來，迄無成功」的現實，毛澤東明確說道：「將來的趨勢很可能從民歌中吸引養料和形式，發展成為一套吸引廣大讀者的新體詩歌。」這一指示深刻地揭示了我國新體詩歌形式創立的一條必由之路，著重強調了新體詩歌對於民歌形式的承繼關係，為尋找和創立新體詩歌的嶄新形式指明了方向。

第一節　「在民歌和古典詩歌的基礎上發展中國詩歌」

　　我國詩歌的發展道路，新體詩歌的探索和創建，是毛澤東一貫十分關注的問題。早在二十世紀二十年代，他創辦廣州農民運動講習所時，就曾親自倡導和搜集民歌，並從來自工農的學員中間搜集和整理了大量優秀的民歌。在紅軍根據地，毛澤東又號召戰士和幹部「徵集並編製表現各種群眾情緒的革命歌謠」〔註1〕。作為一項戰鬥任務寫進了古田會議決議中。一九四二年五月，在延安文藝座談會上，毛澤東要專業的文藝工作者注意群眾處於萌芽狀態的各種文藝，其中就又一次提到了民歌。這次講話在廣大革命的文藝工作者中間產生了強烈的反響，不少人響應號召立即分赴各解放區收集民歌，並且運用民歌體進行創作實踐。我國詩歌形式的不斷變化，不斷發展，與歷代

〔註1〕　《中華全國文學藝術代表大會紀念文集》，第100頁。

民歌和民謠有著直接的關係，都是從民歌和民謠中吸收各種養料和形式的，這是一條詩歌發展的客觀規律。

因此重視民歌、搜集民歌、整理民歌，對於發展新的詩歌形式起著重要的作用，有著決定性的影響。毛澤東十分重視、搜集和整理民歌，不僅是將民歌看作教育幹部、戰士的生動教材，進行革命鬥爭的有力武器，而且從另外一層意義上來說，也提醒人們注意從民歌中獲得新體詩歌創作的有益養料，客觀上起了以民歌創作來影響新詩創作的作用，進而促使詩歌的民族化、大眾化，為群眾所喜聞樂見。

一九五八年，毛澤東在成都會議上，又進一步提出了新詩的發展應該以民歌和古典詩歌為基礎的現實問題，開創了新詩發展的正確道路，澄清了某些人們的糊塗思想。在這以前（即五六、五七年間），我們的詩壇上出現了詩歌無節無調，句子越寫越長的不良傾向，有人甚至又在運用十四行詩的形式來寫中國詩。這種狀況的出現不是偶然的，它說明了有人還在設想從外國詩歌的某種形式裡找尋中國詩歌的出路。

針對這種詩歌界的現狀，毛澤東提出以民歌和古典詩歌為基礎來發展中國詩歌的正確主張，不僅是必要的而且是非常及時的。此後，廣大文藝工作者掀起了一次群眾性的持久的關於詩歌形式的爭鳴熱潮。

綜上所說，我們可以看出：毛澤東是十分關心和重視我國詩歌的發展問題的。一九六八年毛澤東給陳毅同志的信中又提及了這一問題，要新體詩歌從「民歌中吸引養料和形式」，著重地強調了民歌形式對新體詩歌創建、發展的意義和作用。我國古典詩歌形式的出現和更新也是靠民歌提供養料，提供形式的，從這點上來說，毛澤東在此主要講了形式承繼上的淵源關係，就從根本上闡述了民歌對新體詩歌的巨大影響。強調這種影響，是考慮到新體詩歌是否具有我國民族的形式特點，是否擁有廣大讀者，是否能繁榮社會主義的詩歌創作的大問題。

對於詩歌形式的問題，毛澤東之所以再三向廣大文藝工作者指出，關心新體詩歌的創立，還有一個重要的原因。馬克思主義認為內容和形式是對立統一的，內容決定形式，是矛盾的主導面，然而形式決不是可有可無的，一定的內容必須依靠一定的形式來表現，沒有形式的內容是不存在的，即使是有了形式，其形式運用的成功與否也直接影響到思想內容的表達。因此說，創立新體詩歌不僅是為了促使詩歌的發展、繁榮，而且更重要的是為了表現

今天無產階級的政治內容和戰鬥生活。在第二次國內革命戰爭時期，在抗日戰爭延安整風時期，在一九五八年工農業突飛猛進大躍進的年代，以及在一九六五年釀釀史無前例的無產階級文化大革命的前夕，每當在革命和建設的重要時刻，毛澤東總是提及和關心詩歌的發展道路問題，正是為了要從更好地表現無產階級的沸騰生活、英雄形象和政治內容的需要出發的，詩歌是一種比較短小精悍的文藝樣式，比起其他文藝樣式來，它更能及時迅速地配合宣傳黨在各個時期的中心任務，教育和鼓動人民群眾，因而具有很大的長處。如果能創立一套新體詩歌的形式，具有中國作風和中國氣派，擁有廣泛的群眾並能為他們所喜歡、傳唱和運用，那麼，這樣的形式就能更好地達到上述的目的。

另一方面，從詩歌形式的內部規律來看，也需要不斷發展不斷變革，創立一種新的詩歌形式來促進詩歌的繁榮。其原因首先是詩的語言越來越口語化。詩歌發展到散曲的階段是一次較大的革命，大量的口語、襯詞被引進到散曲裡，以適應表現各種感情和思想，到了新詩時期，完全口語化了，新詩亦稱白話詩，可見口語在詩中的地位完全改變了，成了占統治地位的成分。其次，是現代的語音和音韻較之過去有了很大的變化和發展，因此，過去的形式和格律表現今天的新的生活內容和鬥爭形式有了一定的局限和矛盾，為了解決這種矛盾，消除這種局限，就應該創立一種像毛主席所說的「新體詩歌」。這裡要說明的是，舊詩詞格律的形式固然有其表現現代生活不適應的一面，但只要了解其形式的內部規律，並且能運用自如，是可以化不利為有利條件的。毛主席、朱委員長、周總理等一批無產階級革命家的舊體詩詞形式的運用就充分地說明了這個道理。正如毛主席給臧克家信中所說，舊詩可以寫一些，但不宜在青年中提倡，因為這種體裁束縛思想，又不易學。為此緣故，毛澤東主張詩當然以新詩為主體。

講到這裡，有人也許會提出異議，人為地創立一種詩歌的新形式，這不是「閉門造車」嗎？我們認為不是的。

從我國文學的發展史上來說，本質上是民歌為開一代詩風，促進詩歌創作的繁榮，總是起著打頭陣的角色。離開了這個角色，就沒有新的詩歌形式的出現，就沒有詩歌創作的興旺、發達，其中新的詩歌形式的出現對於詩歌創作的繁榮又是起著直接的作用，這也是不容抹殺的事實。楚辭是用楚國方言歌唱的一種形式，它主要吸收了江漢平原一帶的民間祭神的樂歌而成的，

但它並非與原來民間的樂形式完全相同，而是有所改造、創新，形成的一種新的詩歌形式。最為典型的可謂唐代的格律詩。近體詩的產生是總結和吸收了民歌中的許多有益的成分，並通過文人長期的摸索和實踐，它的韻腳、對仗、句式等形式因素雖都可以在民歌中找出它的溯源，然而，畢竟和民歌之間有了很大的距離。以致有人將它說成與民歌是毫無關係的，這當然不對的，但也可以看出新體詩是一種獨立於世的新的詩歌形式。

此外，宋代的詞源於樂府中短小的辭令和民間的曲調；元代的散曲與南、北方的民間歌謠、「里巷之曲」、「胡夷之曲」不無緣分。但它們都不是原來意義上的民間詞曲，而是被文人騷客加以嚴格規範化的新形式了。從這裡可以得出一個結論；中國古典詩歌的形式，大都是由民間歌豪為它提供的，在這個基礎上產生的新的詩歌形式，又推動了一代詩歌的繁榮。我們能說格律詩、詞、曲是閉門造車的結果嗎？不能！只有以民歌為基礎就能創造出新的詩歌形式來，脫離了這個基礎才是真正的閉門造車。今天，我們遵照毛主席的指示在民歌和古典詩歌的基礎上：創立一套吸引廣大讀者的新體詩歌，是可行的，完全辦得到的。

在詩歌發展問題上也存在著兩種根本不同思想的對立和鬥爭，毛澤東關於要在民歌和古典詩歌的基礎上發展中國詩歌的正確主張，遭到了一些人提出的不同看法和見解。

表現之一是，否定民歌的形式。一九三八年毛主席曾在《中國共產黨在民族戰爭中的地位》的「學習」一節中，指出要把馬克思列寧主義的理論應用於中國的具體的環境，使馬克思主義在中國具體化，使之在其每一表現中帶著必須有的中國的特徵，「洋八股必須廢止，空洞抽象的調頭必須少唱，教條主義必須休息，而代之以新鮮活潑的、為中國老百姓所喜聞樂見的中國作風和中國氣派。把國際主義的內容和民族形式分離起來，是一點也不懂國際主義的人們的做法，我們則要把二者緊密地結合起來。」〔註2〕這裡主要講的是關於馬克思主義如何運用於中國革命實踐的大是大非問題，也為詩歌和其他文藝形式的民族化大眾化指出了方向。當時，在延安的文藝工作者熱烈地討論了舊形式的運用和如何創造新的民族形式的問題。

但是，有人提出不同的觀點，否定文藝的民族形式，否定具有民族風格的民歌。他在《論民族形式問題》一書中說：「大眾底抒情表現（山歌、民謠、

〔註2〕《毛澤東選集》第2卷，第500頁。

小調等，）或者是關於宗教或迷信的神話（傳說、鄉土戲等。）這些本質上是用充滿了毒素的封建意識來吸引大眾」〔註3〕，並且還認爲：「現實主義的作家雖然應該深澈地研究民間文藝，但並不是爲了要『運用』它底形式，而是爲了要從它得到幫助好理解大眾底生活樣相，解剖大眾底觀念形態，汲受大眾的文藝詞匯。」〔註4〕這是胡風一九四年寫的一本小冊子裡的話，也就是在毛主席的《中國共產黨在民族戰爭中的地位》一文發表後的第二年，直至一九四七年和一九五一年時又兩次再版，「依然是原樣子，並沒有加什麼修正。」〔註5〕可見胡適對詩歌的發展是有不同的看法的。

表現形式之二是，否定民歌是新詩發展的基礎。對於新詩應該汲取民歌中的養料和形式。一九五九年有人在一次作家協會上海分會的討論會上說：「我同意『在民歌和古典詩歌的基礎上發展中國詩歌』的提法，這個『基礎』，指的是創作方法上的現實主義和浪漫主義相結合，是表現手法上的高度凝煉、形象性和運用中國傳統的表現手法，是從內容到形式的充分民族化和群眾化」〔註6〕，還說「對基礎兩字應該作廣義的理解，其基本精神就是詩歌的民族化和群眾化，而不能簡單地狹義地理解爲僅僅是詩歌的形式問題」〔註7〕。

這段論述無非是一個意思，民歌和古典詩歌不能作爲新詩民族化、群眾化的基礎，只不過用的是偷梁換柱的辦法，話說得隱晦一些，詞句用得漂亮一點罷了。毛澤東在成都會議上的講話，關於「中國詩的出路：第一條是民歌，第二條是古典，在這個基礎上產生出新詩來。形式是民歌的，內容應當是現實主義和浪漫主義的對立的統一」的指示，已爲廣大文藝工作者所知曉，都知道這段話主要針對詩歌的形式而言。

大家知道，文藝是現實生活的反映，它勢必保持著自己民族的傳統和特徵，它的發展也不可能脫離土生土長的各種淵源關係，否則就將成爲無源之水，無本之木，不易爲群眾所欣賞、接受。我們認爲無產階級文藝的內容應是國際主義的，即表現無產階級的共同命運、理想和鬥爭，但形式必須是民族化的。那種試圖將文藝的民族形式建築在國外「文藝底經驗」的基礎上，

〔註3〕 胡風《論民族形式問題》，第56、57頁。
〔註4〕 胡風《論民族形式問題》，第56、57頁。
〔註5〕 胡風《論民族形式問題》1950年版序。
〔註6〕 《新詩歌的發展問題》第3集，第49頁。
〔註7〕 《新詩歌的發展問題》第3集，第49頁。

必然是空中樓閣，根本建造不起來的。五四以來的新詩發展的道路有力地証明了這一點。

現實告訴我們：新體詩歌的創立不僅僅是詩歌發展上的文藝之爭，也是思想之爭。中國新體詩歌要走民族化的道路，是符合我國詩歌的實際狀況的，是毋容置疑的我國詩歌發展的一個必然趨勢。

第二節　新體詩歌在理論上的探索

自五四新文化運動以來，新的詩歌形式的創立就成為人們所密切關注的課題，是有歷史根源的。

新詩是五四新文化運動的產物，它高舉反帝反封建的旗幟，衝破舊詩詞格律的束縛，表現了對萬惡的舊制度的仇恨和詛咒，表現了對光明和進步的渴望、追求。這種民主主義的革命精神和思想內容，在歷史上顯示了它應有的地位。但是，遺憾的是這樣的詩歌並沒有在群眾中流傳、紮根，沒有引起讀者的興趣和愛好。這除了內容上的不足（即有些詩中還在很大程度上流露出資產階級和小資產階級不健康的思想情調，因而也減弱了詩歌的思想性和戰鬥性）以外，還有很重要的一點，就是新詩的形式在中國沒有堅實的基礎，脫離了我國詩歌的民族形式和民族傳統。「象徵派」、「新月派」、「現代派」和「胡適派」那樣的資產階級反動詩人，他們的詩歌在內容上極端反動，極端腐朽，在形式上也是全盤「歐」化，沒有中國詩歌的特點，當然要音到群眾的不滿、唾棄，這是不足為奇怪的。然而就是一些革命的和進步的詩人的作品中，受西方資產階級文化和詩歌形式的影響也是很嚴重的。

例如：

　　　　風雨沉沉的夜裡，
　　　　前面一片荒郊。
　　　　走盡荒郊，
　　　　便是人們底道。

　　　　　　　　　　　　　——朱自清：《光明》

　　　　我的寂寞是一條長蛇
　　　　冰冷地沒有言語——

　　　　　　　　　　　　　——馮至《蛇》

朱自清的「便是人們底道」，和馮至的「我的寂寞」很顯然是受了西方語言的影響。

> 繁星閃爍著——
>
> 深藍的太空，
>
> 何曾聽得見他們對語？
>
> 沉默中，
>
> 微光裡，
>
> 他們深深的互相頌讚了。
>
> ——冰心：《繁星》

> 不幸城裡的人吃肉的多，吃菜的少，他盡管是一聲聲的高呼，
>
> 可還是賣不了多少。
>
> ——劉半農：《賣菜》

這兩首詩中也很少有我們民族詩歌的形式特徵。

當時，甚至有人仿擬莎士比亞的十四行詩，美國惠特曼的自由詩，印度泰戈爾的散文詩等形式，這在那時的詩壇上是屢見不鮮的。郭沫若說過：「惠特曼的那種把一切的舊套擺脫了的詩風，和五四時代的狂飆突進的精神十分合拍，我是徹夜地為他那雄渾的豪放的調子所激盪了。」〔註8〕蕭三在讀詩時也說過：「在蘇聯寫詩最初也是唱本形式的，後來稍有變化，也學了點外國詩的樣子」。〔註9〕臧克家在他的《十年詩選》序言中也談到類似的情況：「我初學詩時，受到了聞一多先生許多教益，受到了『新月派』一點影響」。由此可窺一斑，即使是一些進步的詩人也因各種緣故，他們對於詩歌形式的運用只注意到外國的某種形式，而沒有考慮到利用和改造具有我國民族特點的詩歌形式。自由詩、散文詩一般都沒有鮮明的節奏，韻律，也沒有一定相對固定的詩句和詩節。惠特曼《草葉集》中的詩歌無韻腳，無一定節奏，忽而二、三行為一節，忽而又幾十行為一節，句子字數不一，有長有短，懸殊很大。這與我國民歌和古典詩歌相比有著明顯的差異，不易記也不易吟誦，又與我國群眾的欣賞習慣大相徑庭。所以中國新體詩歌從外國詩歌的形式中尋求出路是行不通的；當然外國的詩歌形式也不是完全沒有一點借鑒作用的，但立足點應該放在民歌和古典詩歌的基礎之上。近六十年來，新詩的形式從總的

〔註8〕 郭沫若：《我的做詩的經過》。
〔註9〕 《蕭三詩選·自序》。

方面說來，沒有形成我國民族固有的優良傳統，因此新詩的創作和流傳，往往局限於一些知識分子中間，而廣大群眾卻依然高唱自己的民歌在鬥爭，在前進。所以毛澤東說：「用白話寫詩，幾十年來，迄無成功」，也主要指的是形式，這樣的經驗和教訓是值得我們記取的。

這種「新詩不出於音樂，不起於民間，跟過去各種詩體全異……因為不是根生土長，所以不容易讓一般人接受它」。〔註10〕面對著中國詩歌與民族形式嚴重脫離的狀況，迫使一些人思索這個問題，試圖從理論上進行探討，力爭改變這種不正常的局面。多少年來，許多有志於詩歌革命的人們，開始將精力化費於這個詩歌新形式的創立工作上，他們有的曾具體闡述新形式創立的意義、作用：有的詳盡地論述了節奏、音韻、句式諸方面的格律因素；有的還提出了許多施行的辦法，但都失敗了。其原因是多方面的，主要之點在於不能正確地認識民歌和古典詩是我國新體詩歌形式創立的不可缺少的基礎；離開了這個基礎，探討只能限於理論上的爭論，因此就不可能真正解決現實創作中的詩歌形式問題。雖然他們中間也有人提出向民歌學習，然而由於沒有看到民歌對新體詩歌創立的巨大影響，把擬仿民歌的形式看成是各種形式的嘗試，是一種「花樣翻新」，〔註11〕這就不能不導致失敗的命運。

遠在辛亥革命前，一些接受了資產階級民主主義思想的政治家，看到了舊的詩歌形式的束縛，不適於表現新的思想內容的需要，於是振臂高呼要來一個「詩界革命」。當時的倡導者譚嗣同、黃遵憲等人不僅有了一點粗淺的詩體革新的理論，而且在創作中實踐了他們的理論。特別是黃遵憲，他自稱是「新派詩」。他的詩有的運用具有樂府特徵的「歌」、「行」來寫，有的在語言方面大量用進方言俗語，因此具有持律不嚴，韻腳較寬的特點。雖然這樣，黃遵憲並沒有意識到民歌對新體詩歌發展的巨大作用。他的「不名一格，不專一體，要不失乎為我之詩」《人境廬詩草箋注·自序》的作詩主張，只提出了一個古典詩歌應該革命的問題，並沒有明確提出如何建立新的詩歌形式的理論。一八九五年他臨終時，在給他弟弟的信中談到了自己創立的一種新的詩體——古今體詩。這種「古今體詩」並沒有完全擺脫古典詩歌格律的枷鎖，因此也沒有引起人們的足夠注意，所以他認為這是「無用人之物，到此已無

〔註10〕《朗讀與詩》，《朱自清選集》，第 145 頁。
〔註11〕《劉半農詩選·〈揚鞭集〉自序》。

望矣。」〔註 12〕事實上也是這樣，他的詩歌形式無一定格律，只要爲我所用即可。難怪後人說，黃遵憲的「詩自今日視之。猶覺其不甚順眼。則以膽量有餘。而機組欠缺。不足以爲後人模楷耳」〔註 13〕。

　　五四新文化運動後，舊的詩歌形式被徹底地打破，被拋棄了，新的詩歌形式的創立問題就必然引起了人們極大的興趣和重視。劉半農就是其中的一個。他在《我之文學改良觀》一文中談到詩歌問題時，主張要「更造他種詩體」〔註 14〕。以取代舊的格律詩歌，反之，還是運用那舊形式的話，那麼「格律愈嚴、詩體愈少，則詩的精神所受之束縛愈甚、詩學決無發達之事」。〔註 15〕他還例舉了英國與法國的詩歌狀況來論証更造他種詩體的必要性。英國詩體較多，而且還有不限音節、不限押韻的散文詩，因此詩人層出不窮，詩歌發達繁榮；法國的詩歌則戒律極嚴，這就造成了在詩歌方面遠不及英國的現象。爲之，他大聲疾呼漢代人能創造五言詩體，唐代人能創立七言詩體，爲什麼我們就不能更造一種新的詩歌形式呢？劉半農還認爲新詩必須要「破壞舊詩韻重造新韻」〔註 16〕，而不必迷信古人。古典詩歌的韻是古人根據當時人們的語音特點而製作出來的，於今日已不完全適用了，所以我們無須依舊韻，否則就是削足適履。並且，他還希望人們不妨去做切實的調查，根據現代語音的實際情況，重新制定一個新的韻譜，以適應詩歌更新的需要。這樣一個關於建立新的詩歌形式的主張，在當時無疑是進步的。

　　一九二六年五月，聞一多首次提出了要建立新的「詩的格律」的設想，他以爲新的白話詩也應該有格律形式，詩的格律不會破壞詩歌內容的表達，反而更有助於表現詩的思想和內容。因此他還打了個比方：「越有魄力的作家，越是要戴著腳鐐跳舞才跳得痛快，跳著好。只有不會跳舞的才怪腳鐐礙事，只有不會做詩的才感覺得格律的縛束。對於不會作詩的，格律是表現的障礙物；對於一個作家，格律便成了表現的利器。」〔註 17〕應該說，這樣的比喻是很不恰當的，但也說明了一個道理：只有眞正掌握了格律的各種要素和特徵，就能改變不利的一面，成爲文藝武庫裡的「利器」。就這點來說，他

〔註12〕　《人境盧詩草箋注・黃公度先生年譜》。
〔註13〕　《境盧詩草箋注・詩話下》。
〔註14〕　《中國新文學大系・建設理論集》，第 70、68 頁。
〔註15〕　《中國新文學大系・建設理論集》，第 70、68 頁。
〔註16〕　《中國新文學大系・建設理論集》，第 70、68 頁。
〔註17〕　《詩的格律》，《聞一多全集》第 3 卷丁，第 247 頁。

的話是有價值的。另外，聞一多還談到了構成格律詩的各種格律的「原質」，其中詳細地論述了句法和音節的關係。他說節奏便是格律，而句法的整齊可以促使音節的調和：

孩子們｜驚望著｜他的｜臉色，

他也｜驚望著｜炭火的｜紅光。

這裡每行分成四個音尺（即後人所說的頓和音步），每行有兩個「三字尺」（即三個字構成的音步的簡稱）和兩個「二字尺」，音尺排列的次序是不規則的，但每行必須還他兩個「三字尺」和「二字尺」的總數，這樣寫出來定會造成音節的鏗鏘、諧和，也便隨之產生了節奏，這就是聞一多提借的格律詩。他的這一理論的提出，並非在實踐中完全行得通。聞一多自己創作的許多詩歌之中，只有《死水》比較符合他所說的那種格律外，其他詩也未能達到這個標準。聞一多建立格律詩的理論有其一定的局限，一不是《詩歌發展的內部規律出發，也不是《社會對形式的需要出發，而建立在「遊戲本能說」的假設上；二是不恰當地強調了形式的「建築美」，這顯然是受了外國格律詩的影響，流露了一定的形式主義和唯美主義的傾向。

在關於建立詩的格律方面，何其芳有其獨到的見解，他打破了過去格律詩探索者的傳統說法，開始把注意力轉移到了古典詩歌和民歌方面來了，提出他自己新的主張：「我們說的現代格律詩在格律上只有這樣一點要求：按照現代的口語寫得每行有整齊的頓數，每頓所占的時間大致相等，而且是有規律的押韻」。〔註18〕這種關於格律詩的理論比之其前輩來可以稱得上是一個飛躍。何其芳在延安時期就提出了關於建立新的格筆詩的建議，解放初期他又幾次在文章中談到這個問題，到了大躍進年代，他再次談了自己的設想和看法，由此而引起了一場轟轟烈烈的有關詩歌形式的大辯論。我們以為何其芳要建立一個為大家所「普遍承認的現代的格律詩」〔註19〕的理論，理由是充足的，設想是有效的，但也有不足和片面的地方。首先何其芳已經注意到民歌和古典詩歌對於新格律詩的影響，但沒有足夠地重視民歌形式的重要性，其次，是過分地強調了現代口語與五七言體的矛盾，過分地強調了二字結尾。雖然如此，何其芳畢竟將詩歌形式在理論上的探索，大大地向前推進了一步。

〔註18〕何其芳《現代詩的格律》，《中國青年》1954年10月號。
〔註19〕何其芳：《現代詩的格律》，《中國青年》1954年10月號。

第三節　新體詩歌可貴的實踐

由於時間的向後推移，各家理論的相互爭鳴，新體詩歌的理論上探討也隨著逐漸深入，有了一定的進展。同樣，在新體詩歌的實踐摸索中也不斷地發展著，產生了勇於創新的詩人，其中有些人在詩歌形式民族化的摸索道路上，取得不少經驗，出現了一些比較好的作品。李季、阮章競、賀敬之、郭小川、張志民、田間、柯仲平等人就是走在這支隊伍前列的探索者。在摸索新體詩歌的道路上，只有不斷地總結前人的經驗，長期地向民歌學習，從中吸取各種養料，並且經過自己辛勤的勞動，持之以恒，勇往直前，是可以創立出一套新體詩歌來的。

我國新詩的發展約可劃分為三個階段：

第一階段為五四運動以來至一九四二年以前，也可以稱之為新詩發展的襁褓時期。在這個時期裡，學習的對象主要是外國詩歌的形式，商籟體、自由詩、散文詩曾流行一時。但是我們也要看到有些進步詩人的作品中，不是沒有一點我們民族的形式和風格的。當時進行詩歌創作實踐的進步的詩人，大多有較好的古典詩歌的修養，有的人古典詩詞寫得十分超群，比起他的新詩來似乎更有造詣。另一方面，我們只要看看一些進步詩人的詩歌，就不難發現它的語言、韻腳、詩節等還保留著民歌和古典詩歌的某些特點，但是在強大的外來形式的波濤裡，這些民族形式是顯得十分渺小、幼弱、微乎其微的。

在這一時期，胡適可謂是新詩壇上顯赫一時的人物，因此就不能不談到他。這裡我們從他的新詩理論來他的新詩創作的破產。

胡適的詩歌理論是建築在「歷史演進論」的基礎上，他說「文學者，隨時代而變遷者也。……試更以韻文言之：『擊壤』之歌，『五子之歌』，一時期也；「三百篇」之詩，一時期也；屈原荀卿之騷賦，又一時期也；蘇李以下，至於魏晉，又一時期也；江左之詩流為排比，至唐而律詩大成，此又一時期也；老杜香山之『寫實』體諸詩，（如杜之《石豪吏》，《羌村》，白之《新樂府》），又一時期也；詩至唐而極盛，自此以後，詞曲代興，唐五代及宋初之小令，此詞之一時代也；蘇柳（永）辛姜之詞，又一時代也；至於元之雜劇傳奇，則又一時代矣；凡此諸時代，各因時勢風會而變，各有其特長，吾輩以歷史進化之眼光觀之，決不可謂古人之文學者皆勝於今人也。〔註 20〕我們

〔註20〕胡適：《文學改良芻議》，《胡適文存》卷一。

知道達爾文的進化論曾打擊過形而上學的世界觀，也曾給予馬克思主義哲學思想有力的支持，然而將它運用於解釋歷史社會現象時，就有了不可避免的局限性。

二十世紀初期，學術界曾利用它反對和對抗唯物主義和唯物辯証法。胡適在這種庸俗進化論的指導下，是不可能正確解釋詩歌形式發展的根本原因的。雖然，他費盡了很大的氣力，引經據典地找出了歌、詩、詞、曲不斷變化的種種表面現象，而沒有說明清楚各種新的詩歌形式之所以出現、發展、演變的社會根由，以及它的現實意義和作用。因此，在這樣一種理論的指導下，他的詩歌創作不能不走進死胡同。他只是一味地強調新詩「不但打破五言七言的詩體，並且推翻詞調曲譜的種種束縛；不拘格律，不拘平仄，不拘長短；有什麼題目，做什麼詩；詩該怎樣做，就怎樣做。」〔註21〕而根本不談及新詩的民族化的問題，隔斷新詩與民歌和古典詩歌的相互聯繫。於是他的新詩就像一個發育不良的畸形兒出現在世界上，缺乏我國詩歌那種特有特色和風格，一九二年出版的所謂中國第一個新詩的集子《嘗試集》就是一個明証。有人曾譏諷這個集子說，「今試一觀此大名鼎鼎文學革命家之著作。以一百七十二頁之小冊。自序他序目錄已占在四十四頁。舊式之詩詞復支去五十頁。所餘之七十八頁之嘗試集中。似詩非詩似詞非詞之新體詩復除去四十四首。至胡君自序中所承認為真正之白話詩者。僅有十四篇……無論以古今中外何種之眼光觀之。其形式精神。皆無可取。」〔註22〕胡適的新詩的確如此。

在白話詩歌剛剛興起的時候，除了一些遺老遺少頑固地抱著封建主義的僵屍對新詩公開提出非議和責難，也有另外一些人認為白話要應文章體裁不同而決定是否可用，「小說詞曲固可用白話，詩文則不可。」〔註23〕胡適在批駁這種觀點的時候，卻走向另外一個極端，不僅要詩全部使用白話，而且要把詩作得像普通文章一樣，這就完全取消了詩歌這一形式與其他文學形式的差別，哪裡還談得上詩歌的民族形式問題呢？

我們且舉他自詡為「白話新詩」的「老鴉」為例：

　　　　我大清早起，
　　　　站在人家屋角上啞啞的啼。

〔註21〕胡適：《談新談》，《中國新文學大系·建設理論集》。
〔註22〕胡行：《評嘗試集》，《中國新文學大系·文學爭論集》。
〔註23〕《嘗試集自序》，《胡適文存》卷一，第276頁。

> 人家討嫌我，說我不吉利：──
> 我不能呢呢喃喃討人家的歡喜！

──《嘗試集》第 28 頁

如果稱它爲詩的話，還不如說其爲白話散文更爲確切，這詩除了有韻腳外，品不出一點詩味，淡如杯水；形式上也沒有我國民族的特點。

　　當時，還有一些進步的詩人劉半農、劉大白等人曾用擬民歌，擬「擬曲」的形式進行創作，但成功的作品幾乎很少。

　　從一九四二年延安文藝座談會以後直到一九五八年新民歌運動的誕生前夕，爲新詩發展的第二階段。在這個時期有二個重要的特點：那就是產生了有一定影響的受到群眾歡迎的有民歌風味的詩歌，代表作品有《王貴與李香香》、《漳河水》、《死不著》、《白毛女》的歌詞等；再一點是詩人開始注意民歌，廣泛搜集民歌，並且運用民歌體進行創作實踐。賀敬之由於「愛好民歌」，深入群眾的火熱的戰鬥生活，創作出了富有深刻教育意義的新歌劇《白毛女》，寫下了許多精湛生動，具有民歌特色的歌詞，成功地反映了在地主階級的殘酷壓榨下，貧苦農民的悲慘遭遇。《漳河水》的作者阮章竟曾在漳河一帶做過十多年的群眾工作，很熟悉和了解那裡群眾的思想感情、生活習慣、音容笑貌，並且還搜集了不少民歌民謠，爲創作這首長詩，爲形式的民族化群眾化奠定了牢固的基礎。長詩的第一節「漳河小曲」，就運用了我國民歌語言的特點，造成了強烈鮮明的藝術效果：

> 漳河水，九十九道灣，
> 層層樹，重重山，
> 層層綠樹重重霧，
> 重重高山雲斷路。

作者用疊字造成了節奏感，加強了語言的含義，別有一番民歌的特色和風格。在向民歌學習方面，李季是一位大家所熟悉的有一定成就的詩人，他勇於向民間歌謠學習，創造了多種民歌體的表現形式。著名的長篇敘事詩《王貴與李香香》是以陝北「信天游」爲主要基礎創作出來的；《菊花石》是以湖南「盤歌」的形式進行創作構思的。同時，李季向民歌學習是勤奮的、刻苦的，還是在延安時，他就搜集了幾千首民間流傳的「信天游」，利用一切機會向人民群眾學習民歌。李季向民歌學習，不拘於民歌的本來形式，而是有所革新，有所發展的。

　　過去有人以爲向民歌學習就是在詩中加進一些方言俗語，甚至將不三不四的粗魯語言搬進詩裡，其實這對民歌的極大曲解和不敬。李季沒有陷入那樣的泥坑，他向民歌學習，主要學習民歌的某些表現形式其中包括押韻、節奏、語言，然後再根據內容的需要，對民歌形式進行必要的加工和創新。「信天游」的形式原來比較短小，句式基本是七言句，但是它可以聯唱，每句字數也無一刻板。因此，詩人就改造其短處，利用其長處，創造出了如今展現在人們面前的優美動聽、清新雋永的新的詩歌形式。一九五八年七月完稿的《五月端陽》也是詩人創新的一種形式，它以民歌和北方最流行的鼓詞形式爲基礎，雜取了民歌擅長抒情，而鼓詞敘事性強的特點加以揉合，改造。雖然這樣的嘗試在詩中還有某些不足，但是應該承認大方向上是對的，藝術上也是比較好的。因此，我們可以說詩人李季在實踐上探索中國詩歌形式的民族化群眾化，爲新體詩歌的出現做出了一定的貢獻。

　　一九五八年，新民歌數以千計、萬計地從勞動群眾的心頭上湧現出來，貼上了大街小巷，工廠機關。面對這樣一種百花怒放、千紫萬紅的新民歌創作的空前繁榮的景象，我們的詩人再也按捺不住激動的心情，他們在黨的號召下，身先士卒投入了新民歌學習、創作的偉大洪流裡。而又有一些來自群眾中間的民歌作者成了大家熟悉的詩人。這些動人的景象就構成了新體詩歌發展道路上很重要的第三個歷史階段。在這以前，我們的一些詩人在理論上也肯定過民歌的形式，但在創作實踐中卻從未利用過民歌這一形式，在新民歌運動的推動下，詩人們不甘心落伍，勇敢地執筆創作起新民歌，特別是一些長期從事自由體詩創作的詩人，如臧克家、徐遲、馮至等努力學習民歌，不恥下問，願作小學生，這是十分令人可喜的現象。

　　另外，還有一部分詩人他們過去在運用民歌體進行創作，有了一些經驗，取得了一些成績，此刻他們並不滿足於這種現狀，他們除了繼續學習民歌的形式，利用民歌的形式，也開始嘗試和實踐古典詩歌形式的運用，力圖以毛主席所說的在民歌和古典詩歌的基礎上發展中國詩歌爲指針，努力創造出一套新體詩歌的形式。爲什麼在新民歌運動中會產生如此使人敬佩的盛況呢？李季在談體會時說：「過去我的《王貴與李香香》，在不識字的人中間都很流傳，這幾年寫的卻有人看不懂。後來，我檢查了一下，感到的確太洋氣了，自己下決心要改，要恢復我原來的風格」〔註24〕。還痛心地檢討說，「像

──────────────────

〔註24〕《人民日報》1957 年 5 月 23 日。

我這樣以民歌起家的人，簡直已經忘了本。」〔註25〕這段話也代表了廣大詩人向民歌學習迫切心理，他們從心理眞正感到了學習民歌的重要作用和深遠意義。

新民歌的出現和不斷繁榮，爲有才華的詩人的誕生準備了客觀條件。碼頭工人黃聲笑、紡織工人李根寶、煤礦工人孫友田、印刷工人李學鰲、和農民歌手王老九、殷光蘭等一個接一個地出現了，他們那種豪放、健康、樸素的詩篇，爲新詩的民族化、群眾化開避了廣闊的前景。

我國新歌發展的歷史表明：只有在毛主席關於詩歌發展道路問題的思想指導下，詩歌的創作就會繁榮，發展，詩歌的形式就能不斷民族化、群眾化，這是一條眞理。

經過幾十年詩人的辛勤探索和不懈努力，特別值得注意的是自延安文藝座談會以來，產生了一些具有我國民族風格的新的詩體形式。這樣的新詩體，我們認爲大約有以下三種類型：

第一，新的長短句式。這種新的長短句形式許多人曾運用過，探索過，其中應舉郭小川的詩寫得較爲成功，他的這些詩一般特點是句子短小、凝煉，每行字數不定——二至七左右，隔行押韻，節奏鮮明，音樂性強，這是受了我國宋元詞曲的影響，換言之，也是詩人學習和繼承了長短句和散曲的藝術形式，而進行革新、加工、創造出來的一種新的詩歌形式。

> 水波，
> 月影，
> 草午，
> 蟲鳴，
> 蛙叫，
> 濤聲。

——郭小川：《月下》

有人說像辛棄疾的《西江月》：「明月別枝驚鵲，清風半夜鳴蟬。」我們說它更像馬致遠《天淨沙》中的「枯藤老樹昏鴉。小橋流水人家。古道西鳳瘦馬。」如果將曲中的這些詞按二字一行排列起來，與《月下》在形式上豈不非常相似乃耳。

詞曲都起源於民間，又與音樂有著非常密切的關係，其有接近口語，句

〔註25〕見《人民日報》1957 年 5 月 23 日。

子洗煉，節奏鮮明等特點，它勢必對新詩的發展起著重要的借鑒作用。可是，有一種意見認為詞、曲的平仄格律比近體詩更為嚴謹，因此就主觀臆斷這樣的形式對創立新體詩歌作用不大。其實，這是沒有道理的。我們建立新體詩歌是吸收古典詩歌中的有益成分，並非完全套用，因此，我們在借鑒詞曲形式時，可以不必考慮它的平仄關係，而只吸取其他的優點——節奏性強、口語化等；再說，利用和借鑒近體詩時，也並非對它的平仄照搬不誤的。

第二，民歌體的形式。李季、阮章竟、張志民在這種形式的運用上，寫出了一些比較成功的作品，如我們前面所說的那些詩歌外，還有《王九訴苦》、《圈套》、《玉門兒女行》等。民歌體可以是多樣化的，因為民歌體是仿民歌形式的詩體，而在我們幅原遼闊的祖國裡，民歌形式同樣也是各種各色的，有青海花兒，內蒙古的爬山調，陝北的信天游，湖南的盤歌，寧波的馬燈調，北方的秧歌，南方各省的山歌，還有其他少數民族的民歌等等，不一而足。所以各種民歌體的紛紛出現，到處傳唱，就能促使新體詩歌的早日問世。

第三，是用民歌和古典詩歌形式結合得較好的另一種詩體，如賀敬之的《桂林山水歌》、《三門峽——梳妝臺》。這兩首詩各寫於五八、五九年內的作品，有著較為鮮明的民族形式的風格和特點，較好地融民歌與古典詩歌為一體，在詩人頗有匠心的創新下，這種詩歌形式受到了群眾的歡迎。我們覺得，將這兩首詩歌相比較的話，在形式上，《三門峽——梳妝臺》還較拘泥於七言詩體的某些束縛，而《桂林山水歌》更接近於我們今天所說的那種新體詩歌的形式，它在句式、押韻、平仄、節奏等方面與新體詩歌的形式相仿佛。

下面我們談談新體詩歌形式上的幾個問題。

關於新體詩歌詩體的展望，毛澤東講從民歌中吸引養料和形式，發展成為一套吸引廣大讀者的新體詩歌。這裡講的是一套新體詩歌的形式，因此有人以為這是指新體詩歌形式的多樣化。我們認為毛澤東所說的一套是指一種新體詩歌形式中所包括的各種構成詩體的因素。

今天，我們來對新體詩歌進行展望是有條件的，因為產生了一些具有一定民族形式的作品，不再像過去的某些人討論新體詩歌形式時，不注意詩人在這方面的努力和探索，而只是憑借主觀想像、以及感情用事來亂加議論，這就不可能正確地指出新體詩歌應有的、在實踐中可能達到的符合現代口語的一些形式成分。只有在如今我們已經看到了新體詩歌的雛形，或者說這些

詩歌具備了新體詩歌的某些特點的基礎上，對新體詩體的展望才是可能的、現實的。

魯迅曾經在給別人一封信中說過：「我以爲內容且不說，新詩先要有節調，押大致相近的韻，給大家容易記，又順口，唱得出來。」《致竇隱夫》（1934年11月1日）《魯迅書簡》第890頁。在這裡魯迅談到了詩歌形式中的兩個重要因素：一是韻，二是節調（其中包含著節奏和調頭兩層意思）。我們先談談關於節調問題，詩歌有調頭爲了更便於唱，詩歌有節奏爲了適應於朗誦的需要。現代的詩歌和唱脫離了緣分，但是應該朝著便於朗讀和背誦的方向發展，這就日益顯示出節奏對於詩歌發展的重要作用。也許有人會說散文也有節奏啊，爲啥獨獨強調詩的節奏呢？其實這話說得不完全對，好的散文才有鮮明的節奏性，這種好的散文又往往被人們稱之爲像詩一般，可見好的散文像詩，其中就不僅有文字的美，而且也有了節奏的美。好的散文與詩的節奏是不盡相同的，但是必須有節奏，在這一點上又是相同的。

詩歌節奏的形成和人類早期的生產勞動是分不開的。那時的生產力低下，人們的勞動常常是集體合性性質的，他們在共同的勞動過程中產生了詩歌，產生了節奏。假如那時大家抬木頭，都覺得吃力了，卻想不到發表，其中有一個叫道「杭育杭育」，那麼就是創作。《且介亭雜文》：《門外文談》，《魯迅全集》第六卷。其實，這個「杭育杭育」是人類最早的創作，也是最早的節奏。以後社會向前發展了，詩和歌分家了，節奏卻在詩中保留下來了。有人說：「在歌中，詩是音樂的內容，音樂是詩的形式。後來這兩者再分家，詩的形式是它的有節奏的結構，那是從歌中遺留下來的，但已簡化而集中在邏輯的內容上。」〔註26〕這說明節奏和詩歌的關係是十分密切的。

押韻是我國民歌和古典詩歌很重要而且很明顯的一個特徵，它是長期以來形成的一種民族的傳統形式，便於吟唱背記。沒有韻腳，詩行就鬆散，沒有韻腳，就不能使你講述一個思想的幾行詩串成一體。胡適卻認爲押韻乃是音節上最不重要的一件事，〔註27〕是十分荒誕無稽的。中國詩押韻的方式有我們自己民族的特點：一般是隔行押韻。外國的押韻方式有的是第一句和第四句押，第二句和第三句押；有的是第一句與第三句押，第二句與第四句押，等等，這些不同於我國詩歌的傳統的押韻方式。古典詩歌的用韻一般較

〔註26〕 喬治・湯姆遜：《論詩歌源流》，第28頁。
〔註27〕 《談新詩》，《胡適文存》卷一，第245頁。

爲嚴格。民歌的用韻比較自由，這就能更準確更豐富地表現內容。古人也好像感到了用韻寬的好處，「得韻寬，則波瀾橫溢」。《歐陽永叔集》下詩話。歐陽修說的用寬韻，和我們所說的押大致相近的韻，不完全一樣，古典詩歌的寬韻還是有一定限度的，而民歌的韻卻用的相當寬，民歌押地方韻就是一個表現。賀敬之的詩「水幾重呵，山幾重？水澆山環桂林城」，〔註28〕這裡的「城」和「重」的韻尾相近，讀起來還比較流暢，並不感到拗口難讀。我們想，新體詩歌的韻以普通話爲標準，大致相近，隔行（或者是雙句）押韻就可以了。

頓也是新體詩歌形式中的重要環節，頓一般指的是詩歌句中詞意上的暫短的間歇。古典詩歌大多是按固定格式來劃頓的，這樣的劃分基本上適合於詞意的表述，但也有時只講究形式上的頓，破壞了詞意的完整性、準確性。杜甫的《聞官軍收河南河北》一詩最後兩句：即｜巴峽｜穿巫｜峽，便下｜襄陽｜向洛｜陽，第三頓的劃分就不夠科學，有損於詞義的統一。因此，我們認爲古典詩歌七言體按二、二、二、一的字數來劃頓，五言體按二、二、一的字數來劃頓的辦法，用現代口語來表現新的生活內容就有了一定的局限。但也有可以記取的地方，就是古典詩歌七言體每句以四頓爲基本單位。民歌一般也是每句四個頓，這不僅表現在七言體的形式裡，即使是突破七言體的形式，每句的頓數也基本如此：

> 棺材師傅｜看到｜二娘｜到，
> 棺材｜做了｜三尺｜六寸寬。
> 廚房師傅｜看到｜二娘｜到，
> 十根｜指頭｜斬了｜九根半。

——浙江民歌

> 新｜社會｜，新｜氣象｜，
> 隔壁｜討來個｜新｜娘娘；
> 陪來｜嫁妝｜勿是櫥來｜勿是箱，
> 帶來｜扁擔｜鋤頭｜搭籮筐。

——上海民歌

這樣每句劃四個頓的例子，在我們詩人的作品中也可是找得到，它不僅保持

〔註28〕《放歌集》，第 25 頁。

著我國民歌和古典詩歌的傳統習慣，也適宜表現新的思想內容。因此，我們認為新體詩歌也應以四頓為一句，頓多了會導致散文化的傾向；頓少了表現的思想內容則顯得單薄，造成詩句拖沓，不經濟。每頓的字數一般由二、三個字組合為好；特殊情況下，也可以四個字、五個字為一頓，但這是極個別的現象。

平仄問題，是我國格律詩很重要的組成部分。民歌中也有平仄，但由於是即興而唱，一般講究不很嚴格，在有些民歌的起興句裡平仄較為規則，這是長期在民間不斷加工，不斷傳唱的結果。如陝北民歌「山丹丹開花紅姣姣」（仄平平仄平仄平平），近代的一首民歌「月子彎彎照九洲」（仄仄平平仄平平）。由於平仄排列整齊，有規律性，就形成了優美的音樂性和節奏感。再者，聲調（平仄）是論語語音體系的最大特點，它可以造成聲調的高低長短，因此我們寫詩時就不能不把這個具有我國語言特點的因素考慮進去。過去有人將普通話中的陰平、陽平歸為平聲，將上聲、去聲歸為仄聲，其實這種分法並不合理。在現代漢語語音中，陽平已經讀得比較短促了，相反的上聲的發音卻拖得較長。

為此，我們覺得平聲應該是由第一聲和第三聲組成，仄聲應由第二聲和第四聲組成，這樣就比較符現代漢語語音發音的特點。一般地說，平聲發音高而且長，仄聲發音短而且低，如果能夠做到每頓中既有平聲又有仄聲，那麼就造成了聲調上的起伏，讀起來就有抑揚頓挫的感覺。陳毅說：「詩的平仄和用韻是自然的，廢不了的。打破舊時的平仄，要有新的平仄，打破舊時的韻，要有新的韻。我不同意反對平仄和用韻。」〔註 29〕這話是十分深刻而又中肯的。

關於其它的新體詩歌的一些形式。從我國詩歌的歷史來看，詩的形式一般比較整齊，長短不一的形式也有，但不占主導的地位，占主導地位的大多是五七言體；從今天的一些詩人郭小川、田間的作品來看，也逐漸趨於句型上的齊整。因此可以肯定新體詩歌在句型上大體整齊，以四句為一節，每句的字數一般在十個字左右。抒情詩比較短小，精煉；敘事詩可以根據其內容的需要決定長還是短，但只要具備了以上所說的幾個方面，即使是較長的敘事體詩歌也能在群眾傳唱開來。

新體詩歌的這些形式看起來，好像是一種不必要的束縛，其實是必要的

〔註 29〕《人民文學》1978 年 7 月號，第 49 頁。

限制，只有有了這種形式上的限制，只有嫻熟地掌握和運用這種形式，就能更好地反映詩歌的思想內容。這種新體詩歌不是關在房間裡空想出來的東西，它符合詩歌形式發展的客觀規律，符合現代漢語口語的表達特點，並且也較能爲詩人自由的駕馭、運用。可以預言這種新體詩歌一旦出現，必將推動詩歌的發展，起著爲繁榮社會主義的文藝事業的積極作用。

新體詩歌的出現並不意味著其他詩歌形式的消聲匿跡，恰恰相反的是，民歌、民歌體、近體詩、長短句、散曲等形式也將生氣勃勃，即使是那些外來的樓梯詩、散文詩、自由詩在新體詩歌的推動和影響下，也將朝著民族化的方向不斷前進，成爲我國群眾所喜愛的詩歌形式。到那時，詩壇出現的那種欣欣向榮、百花齊放的圖景，是令人傾心的。

讓我們爲新體詩歌的早日誕生而辛勤工作，努力實踐吧。

（1978 年 10 月初稿）

論聞一多格律詩說

　　聞一多僅是一位勇敢的民主鬥士，而且也是勇於藝術改革的探索者，他所提倡的新詩格律就是探索成果之一。五四運動以後，人們曾經尋找各種途徑，企圖解決當時盛行詩壇的那種歐化和無政府的狀況，創造出符合中國人民欣賞習慣和民族特點的新格律詩的形式。當時，具有先進思想的詩人曾利用民歌進行創作，並且不斷在形式上「花樣翻新」（劉半農語），以建立一種既擺脫舊詩形式的嚴格束縛，又擺脫外來詩歌形式影響的新的詩歌形式，但由於種種原因，嘗試失敗了。更多的詩人卻將眼光盯著外國的某些詩歌形式，生搬硬套那些外來形式，這就不能不造成中國詩歐化、脫離群眾的悲劇。朱光潛認為：「我們的新詩在五四時代基本是從外國詩（特別是英國詩）借來音律形式的，這種形式在我們人民中間就沒有『根』。」（1956 年 11 月 24 日《光明日報》）聞一多以他的卓識遠見，一方面向中國舊詩歌學習，一方面又借鑒外國的詩歌形式，從而提出了建立新詩格律的主張和理論，並進行了嚴肅認真的創作實踐。他的關於新詩的理論和實踐、對於今天的詩歌發展仍有積極的意義。

一、聞一多格律詩說提出的進步作用

　　聞一多曾經是新月派詩人。根據這一點，有人斷定聞一多所提出的關於格律詩的主張是純粹屬於形式主義的，是唯美主義的產物，是受到西洋詩理論影響的結果，因此，不足以為重視。這種觀點，在很長一段時期內，很有些市場，甚至到了五十年代關於詩歌問題的討論中，一些人還堅持這種看法。

　　誠然，聞一多在他的創作生涯開始之際，有唯美派詩人的思想，他也毫不隱瞞自稱是一個「唯美主義者」。（《聞一多全集·年譜》第 39 頁）但是作為詩人和學者的聞一多，畢竟還有他自己的與眾不同的生活經歷，他的思想也不會永遠停留在一個水平面上，而是在發展著。他曾經歌頌過「死」和「愛」，歌頌過各種「色彩」，歌頌過「藝術的忠臣」，想鑽進遠離塵世的「藝術之宮」；然而，社會的現實卻常常打破他的幻想，把他從詩人的幻覺之中拉入現實社會裡，又使他的筆讚美起祖國的人民來了。在國外由於遭受了民族的歧視和侮辱，促使他變成了一位愛國主義戰士。他不甘願中華民族受欺侮，反對帝國主義的強烈的憤恨心情，也常與懷念祖國的悠久文化和歷史相聯繫在一起。他在一封家信裡這樣寫道：「我乃有祖國之民，我有五千年之歷史與文化，我有何不若彼美人者？將謂吾國人不能製殺人之槍炮遂不若彼之光明磊落乎？總之，彼之賤視吾國人者一言難盡。」（《聞一多選集》第10頁）在這種痛苦與憤慨的心情之下，他寫下了著名的《洗衣歌》，指出幹所謂下賤工作的並非只有我們民族的人，而你們日夜崇拜，敬若神明的耶穌，他的父親也是「做木匠出身」。以這種類比的方法，來表達他那種高尚的沸騰的愛國主義情緒。他還寫下了不少懷念祖國，讚美祖國山川河流、草木鳥獸和中國人民的熱情詩篇。在愛國主義思想支配下，聞一多回到了離別數年之久的祖國。然而這時他所看到的是軍閥混戰，政局動蕩，各帝國主義列強瓜分地盤，搶掠民眾財產，山河破碎，民不聊生，把他所渴望的祖國糟塌成象「一溝絕望的死水」那樣。面對這種情形，他的心情十分沉重，他憤怒地喊道：「這不是我的中華，不對！不對！」（《死水·發現》）這種敢於面對現實，直抒己見，表達他愛憎的鮮明情感是十分可貴的。

　　臧克家曾撰文，為紀念他遇難十周年時說，早期「從對待生活現實態度上看，作為詩人的聞一多始終是在矛盾的痛苦中。一方面，他愛好自然，追求美，迷戀『高古』，想擺脫眼前的醜惡，作一個『超人』式藝術之宮裡的君主，然而血腥腥的咄咄逼人的黑暗現實又使他不能夠閉上眼睛」。（《人民文學》1956 年 7 月號，第 119 頁）正是聞一多對「黑暗現實」不甘視而不見，聽而不聞，敢怒敢言，就為其以後成為勇敢的民主戰士，為其思想發展提供了有力的依據。這種正視現實的勇氣，就不斷地打破他妄圖游離現實之外，躲入藝術之宮的幻境，唱出了對偉大祖國的熱愛，唱出了對祖國進行糟塌褻瀆的階級敵人的憎恨之情。這樣的思想基礎，較之當時自稱走入藝術之宮，而無

勇氣面對現實，盡歌詠一些花草風月用以掩蓋詩歌貧乏內容的「新自派」詩人來說，是絕不可相提並論的。

　　新月派作爲中國現代文學史上出現的一種文學派別，它產生於半封建半殖民地的舊中國，特別是受到買辦資產階級思想的影響，因此他們在詩歌方面提出的建立格律的主張就不能不帶有這一社會和思想的局限。他們所宣傳的新的格律形式，是一些只講究形式美，事實上又完全破壞了形式美的文學遊戲。

　　以此相反，聞一多提出的格律詩的主張，和新月派的主張是迥然不同的，他講究詩歌的形式美，更強調思想內容的重要性，把完美的藝術形式作爲更好地表現思想感情的有力手段，聞一多認爲對各種舊的格律要作具體分析，不能籠而統之一概加以反對，破除了舊的格律形式，應該建立新的格律形式。這種新格律與舊格律之間的區別主要有：一、律詩永遠只有一個格式，但是新詩的格式是層出不窮的；二、律詩的格律與內容不發生關係，新的格式是根據內容的精神製造的；律詩的格式是別人替我們定的，新詩的格式可以由我們自己的意匠來隨時構造。根據這樣的要求，他還具體地提出了新詩格律的三大要素：音樂的美（音節），繪畫的美（詞澡），和建築的美（節的勻稱和句的均齊）。在詩歌創作實踐中，他認眞地履行了自己的主張，著名的詩集《死水》就是一例。

　　如何對待聞一多提出的詩格律方面的理論問題，長期以來，引起了很大的不同的反響，有的讚同，有的反對，有的甚至把它看成是形式主義的東西。

　　其實，只要稍稍研究一下聞一多的《詩的格律》和其他文章，我們就會發現，聞一多不僅講究形式，也重視講究內容，他是在爲了更好地表現思想內容的前提下而提出詩的格律形式的。在《詩的格律》一文中，他多次強調指出：「新詩的形式是層出不窮的」，但要根據內容「相體裁衣」。「新詩的形式是根據內容精神製造的」。這種處理內容和形式的觀點，是辨証的。他還在文章中，打了個比喻，說格律好比「腳鐐」，「越有魄力的作家，越是要帶著腳鐐跳舞才跳得痛快，跳得好。只有不會跳舞的才怪腳鐐礙事，只有不會做詩的才感覺得格律的束縛。對於不會作詩的，格律是表現的障礙物，對於一個作家，格律便成了表現的利器。」這個比喻不十分恰當，但是從他在強調「格律」形式是作家「表現」內容的「利器」這層意義上來說，無疑是正

確的。

當有人說「死水的作者只長於技巧」時，聞一多非常氣憤，提出了「抗辯」。一九三二年十一月二十五日在給臧克家的信中這樣寫道：「我眞看不出我技巧在那裡。假如我眞有，我一定和你們一樣，今天還在寫詩，我只覺得自己是座沒有爆發的火山，火燒得我痛，卻始終沒有能力（就是技巧）炸開那禁錮我的地殼，放射出光和熱來。」還說，在《死水》中深藏著內心的「火」（《聞一多選集》第 126 頁）。從這些文字中我們清楚地看到，聞一多是將形式和技巧作爲表現思想、情感、主題的重要手段，他反對那些將自己說成是注重「技巧」，講究形式的唯美詩人的荒唐說法。

對於這個問題，他認爲無須「急急求知於人的」，言下之意，就是歷史會作出正確公平的評判的。的確，經過多少年的實踐証明，他的關於詩格律的主張和理論是有生命力的，是符合詩歌發展和這一藝術本身的客觀規律的，而不是形式主義的產物。他的主張和理論在今天對於我們如何建立新體詩歌來說，也值得借鑒，值得重視。

二、新格律詩的可貴嘗試

聞一多對新詩格律的具體主張，在他後期的詩歌創作中進行了嘗試，並成爲指導他創作的一種規範。

隨著五四文化運動的發生和發展，舊的格律遭到了人們強烈的反對，取而代之的是外來的詩歌形式，這些形式幾乎占據了當時的整個詩壇，形成了強大的狂濤巨潮。在這種情況下，人們差不多忘記了自己民族的詩歌形式，而一味地被外來形式所陶醉。聞一多卻以冷靜的頭腦注視著中國詩歌的發展，他不讚成詩歌形式「十分歐化」的傾向，他不同意運用「純粹的本地詩」的形式，而希望出現一種中西詩歌形式相互結合的新形式。他在評《女神之地方色彩》一文中有如下一段精彩的語言：「我總以爲新詩逕直是『新』的，不但新於中國固有的詩，而且新於西方固有的詩；換言之，它不是作純粹的地方詩，但還要保存本地的色彩，它不要做純粹的外洋詩，但又要盡量的吸收外洋詩的長處；他要做中西藝術結婚後產生的寧馨兒。」聞一多對新格律詩分析的中肯和獨到之處在於，一是認識到新詩格律與歷史上的格律有一定的聯繫；二是認識到新詩形式必須是吸收外國詩和中國詩兩者優點的新的「結合物」。當時有人提倡所謂脫離地方色彩、民族特點的「世界文學」，而大量

模仿歐洲各種形式的詩歌，聞一多提出新詩歌要做「中西藝術結婚後產生的寧馨兒」的見解，是十分超群的，表現了極大的藝術遠見。聞一多在五十多年以前就展望到了新詩「既不同於今日以前的舊藝術，又不同於中國以外的洋藝術，這個然後才是我們翹首默祈的新藝術了！」（《聞一多選集》第 45 頁）這種新藝術的兩個特點是既具有「時代精神」，又有我們民族的「地方色彩」，也就是他所概括的「今時」和「此地」兩個通俗詞匯。聞一多的這些真知灼見，與他有深厚的古典詩歌的藝術修養和歐洲詩歌的高超造詣是分不開的，離開了這些條件，要提出這樣中肯、正確的判斷和展望是不可能的。

聞一多主張詩人要學習西洋詩的長處，也要詩人注意我國詩歌的優點，他反對某些人持「月亮都是外國的圓」那種偏見和企圖否定中國詩歌形式的看法，而對祖國數千年的文化加以極度的讚美和歌頌。他說：「我愛中國固因他是我的祖國，而尤因他是有那種可敬愛的文化的國家。」（《女神之地方色彩》）正因他對我國文化有著誠摯熱烈的情感，所以就十分珍愛這些文化遺產，要新詩吸收古典詩歌中的可取之處，而不應該盲目地模仿外國的詩歌形式。

鑒於這種思想，聞一多非常重視在詩歌創作中運用和汲取古典詩歌中的某些形式因素，並且還使用民歌的一些藝術手法。他曾經說過對於民間歌謠「發生極大興趣」，並且欣然為當時人們所搜集到的民歌集子寫序言，希望引起「國人注意」，反對人們輕視民歌，（《西南採風錄》序）因此他在自己的創作中吸收民歌的養料和形式。利用民歌中經常使用的疊唱，就是一個例証。疊唱早在中國第一部詩集《詩經》中就出現過。用這種手法，可以製造氣氛，突出主題，形成一詠三嘆，反覆迴唱的音樂效果。詩人在他的作品中也運用過這種藝術方法，如《你莫怨我》、《死水》、《祈禱》等。

押韻是我國民歌和古典詩歌中一個普遍的、重要的特徵。聞一多的《紅燭》詩集雖受外來詩影響較大，但其中的一些詩也已經開始講究民族押韻方式了。詩集《死水》就比較注意有意識有規律地運用韻腳，自覺地應用具有民族形式的押韻方式。詩人押韻不拘於古典詩歌嚴謹的韻部，而是有所創新，有所前進的，因此，詩中用韻較為自由。中國語言的音韻是極其寬廣的，這正好為詩人所應用。聞一多也意識到這一點。詩人深通音韻在我國詩歌中的重要地位，主張新詩同樣要「用韻」，但它又不能照搬古典詩歌中的那種嚴格的韻部。在實踐中運用雖不同的韻部，但韻尾相似的音韻，這就為我國詩歌

形式的民族化提供了一條十分重要而有價值的意見。

在形式上，詩人從實踐中摸索多種新的格律詩，以便創立中國新的詩格律。他認爲：「新詩的格式是層出不窮的。」因此，我們在他的《死水》集中可以見到多種格律形式的新詩。

《死水》集的格律多種多樣，一般來說主要是根據內容和思想而定的，這也就是他所主張的「相體裁衣」的結果。《你莫怨我》表現的內容簡單，情緒變化較小，因此句式較短。而《靜夜》、《一個觀念》由於表現細膩，構思複雜，就出現了長長的句式，以適應內容的需要。就詩節而論，有的詩四句爲一節（《死水》、《祈禱》等），有的詩五句爲一節（《洗衣歌》《你莫怨我》等），有的詩六句爲一節（《罪過》），有的詩八句爲一節（《一句話》），有的詩全詩爲一節（《一個觀念》、《靜夜》、《飛毛腿》）。以詩句字數而論，有的是七言，有的是九言，有的是十二言，等等。爲了表現主題，爲了引起人們的注意和重視，而將某一詩節放在一個顯著的地位上，即使這節中的句數與其他節中的句數不相等同，也將它單獨列爲一節。例如《口供》整首詩有兩節，一節爲八句，另一節卻只有二句，然而這兩句可以包括全詩的主題思想，表現了詩人愛國主義的深沉感情和複雜思想，起到了令人口味，餘音繞梁的效果。

口語化是五四以後新詩的重要特點。《死水》集裡的詩絕大部分運用了群眾生活中的活生生的語言，因此顯得親切明了。《死水》集的那些詩歌在形式排列、押韻規則、詩行節奏、口語化等方面都別有匠心，能比較恰到好處地表現內容。

三、音樂美，建築美，繪畫美

音樂美，按聞一多的解釋是指音節方面的問題。這裡所說的音節相當於我們現在所說的音組和節奏兩個因素。音組是造成節奏的最小單位，節奏不能脫離音組而存在，這兩者是相互依存的，只有兩者有機地和諧地組合，才能形成詩歌的音樂美。

有人也將音組稱之爲音步、音尺、頓等，一般是指詩歌句中詞意上作暫短停頓的那個詞組。它是造成詩歌有勻整有規律的節奏的一個重要因素，也是新體詩歌形式中的要緊環節。在古典詩歌和民歌中都講究音組的劃分。如古典詩歌大多數是按固定格式來劃分音組的，七言詩一般劃爲四個音組：二、

二、二、一；五言詩一般劃爲三個音組：二、二、一。它是我國詩歌的傳統形式，對新體詩歌來說，這也是可取之處。

聞一多在短詩《死水》中運用了我國詩歌傳統的劃分音組的辦法：

> 這是一溝絕望的死水，
>
> 這裡斷不是美的所在，
>
> 不如讓給醜惡來開墾，
>
> 看他造出個什麼世界。

詩人不僅認爲詩句應分成四個音組，而且還認爲，每行詩必須有兩個「三字尺」（即三個字構成的音組）和兩個「二字尺」，音組的排列次序可以是不規則的，但每行詩中都要造成兩個「三字尺」和「二字尺」，這樣寫出來就會使節奏鏗鏘、諧和。他的這一理論在實踐中並沒有有效地實行，因爲這樣的限字太死，不利於感情的表達；相反地，會形成一種不必要的束縛。我們同意何其芳關於詩行中要有「整齊的頓數，每頓所占的時間大致相等」（《現代詩的格律》）的說法，詩行中只要有了相同的音組（頓）數，即使音組的字數不相同，也可以造成節奏感，這是行之有效的辦法，也能造成節奏感的多樣性。

聞一多關於詩句須有相應的兩個「三字尺」和「二字尺」的理論是否正確，還有待於實踐的進一步檢驗，但是他認爲詩句應劃四個音組的理論無疑是正確的，因爲這是繼承了我國詩歌的民族形式特點，又能較好地在新詩創作中得到使用。這也爲新體詩歌提供了理論依據。新體詩歌應該而且可以以四個音組爲一句，音組多了會導致散文化的傾向；音組少了，表現的思想內容則顯得單薄，造成詩句的拖沓，不夠經濟。關於這一點，我們從聞一多的《死水》和其他詩歌的比較中，可以清楚地看到。

節奏是詩歌格律中的重要形式，聞一多說，詩的格律就是節奏。這就十分強調了節奏在詩歌中的作用。所謂節奏，就是等量單位的有規律的轉換，這也是與散文最主要的區別。

詩的節奏，不是人們憑主觀臆想而造出來的，而是在現實生活中本身就有節奏的存在。運動的物體有一定的節奏，例如健康人的心臟跳動是有節奏的，疾馳的火車輪子會發出有節奏的聲響，走動的時鐘會有定時的擺動等等。在其他的文學藝術樣式如音樂、舞蹈中也同樣是有節奏的。詩的節奏又與人類發展的早期集體活動直接相關，那時人們注意到，在某些事情上有節奏地

使用力量可以大大減輕勞動，尤其在集體勞動中，節奏可以使人們的動作協調，能使勞動動作獲得必需的一致性。魯迅說，如那時大家抬木頭，都覺得吃力，其中有一個叫道：「杭育杭育」，那便是創作。(《門外文談》) 這個「杭育杭育」是人類最早的創作，也是最早的詩歌節奏。

隨著社會的發展，詩和歌逐漸開始分家，節奏卻在詩中保留下來了。也許有人會說某些詩體不一定講究節奏，例如惠特曼的自由體。從形式上看，惠特曼的自由體詩沒有韻腳，沒有整齊的詩節、詩句，不講音組的劃分，但它有內在的節奏。聞一多深知這一點，因此在論及惠特曼詩時說，他的詩看起來不像是詩，但卻是真正的詩，正如詩人談他有些詩的時候所說的那樣：「初看起來，毫無章法，但細看之後，你就會看出一種規律，像海邊的大小波浪，滔滔不絕的滾來，自有一定循環起伏。」(荒蕪《惠特曼與聞一多》《文匯報》1956 年 12 月 12 日) 從這裡，我們得知：聞一多是非常了解節奏在詩歌中的作用的。正因為如此，再來看他所提倡的音樂美，就不難理解了。

聞一多要求新格律詩有音樂美，是在詩歌形式的特殊性，和詩歌創作的客觀規律的基礎上提出來的。詩歌有了這種音樂美，就能在群眾中廣泛傳唱。現在有些詩歌作者不懂得節奏，不懂得音組，只是按照作者主觀意圖任意地排列，因此不為群眾所喜歡。這一嚴峻的事實，不值我們深思嗎？

關於建築美，這是聞一多提出的格律詩歌的又一要求，也就是格律詩要講究詩句的統一和字數的一致。詩歌不僅是訴諸於聽覺的藝術，而且也是訴諸於視覺的藝術。剛才講到的音樂美，主要作用於人們的聽覺，使之造成可感的、有節奏的藝術形象，而建築美主要作用於人們的視覺，造成一種整齊、舒適、簡潔的感覺，這也符合我國讀者的欣賞習慣。

從我國詩歌的歷史來看，詩歌的形式一般都比較整齊，長短不一的形式也有過，但不占主導地位。占主導地位的是五七言體。《詩經》中大多數是四言詩，漢代五言詩和以後的七言詩被建立起來之後，一直是詩歌中的主要形式，直到今天還被人們所應用。民歌中整齊的五七言形式的詩歌也占絕對優勢。之所以會有這種情形的出現，是方塊漢字的特色所決定的。聞一多很早就強調了「整齊的句法」(即字數的整齊)、並認為這是形成「建築美」的重要一環，他說，「當然視覺方面的問題比較占次要的位置。但是我們中國的文學裡，尤其不當忽略視覺一層，因為我們的文字是象形的……」，「如果我們不去利用它，真是可惜了」(《詩的格律》) 從今天的一些詩人如嚴辰、田間、

郭小川、聞捷等人的作品來看，也比較講究句型、字數的整齊，這也從實踐的角度証明了建築美的正確性。我們還是以聞一多嘗試新格律詩第一次最滿意的成果——《死水》中的一段爲例：

　　　　也許銅的要綠成翡翠，

　　　　鐵罐上繡出幾瓣桃花，

　　　　再讓油膩織一層羅綺，

　　　　細菌給他蒸出些雲霞。

這種整齊的句子不是生拉硬扯到一塊的，而是自然貼切地表達了思想和內容，不僅保持了詩句的完整性和詞意的順利表現，而且造成了詩節的匀整，給人以美的視覺感受。聞一多在他的創作實踐中，履行自己關於建築美的主張，並取得了一定的成績，這些成績同樣成爲新體詩歌的借鏡。然而聞一多這種形式的詩，以後卻被視爲豆腐乾詩」，顯然是不公平的，因爲聞一多所說的講究句、節匀稱在藝術上有其獨創和可取的一面，它與某些唯美主義詩人僅從形式上進行模仿，是完全不可同日而語的。

　　在詩歌的建築美的實踐過程中，聞一多是走過彎路的，他曾像唯美派詩人那樣只追求建築美，而未認真考慮內容表達得如何，這就不免造成刻意以求的生硬感受。可貴的是詩人並沒有在唯美派門前停下來，而是繼續向前探索，在不斷實踐的過程中，逐漸破除了唯美派詩人的狹窄眼光，而在講究內容表現的前提下，提倡詩歌的建築美，因此能創造出多少年來爲人們所稱道的新格律形式如《死水》。

　　繪畫美，主要講究詩歌的詞藻，由詞藻的華麗而造成一種美。我們覺得由詞藻而形成的繪畫美的結果，必然是遠離口語，而片面地追求詞藻的華麗。聞一多提出這個觀點，很可能受到了古典詩歌比較講究遣詞的影響。古典詩歌講究典故，講究練字，講究暗喻，運用的又是文言，因此就比較追求詞藻的華美。聞一多在寫新詩以前曾用古典詩形式寫過舊詩，他在創作中較注意詞藻的運用，如「古愁」、「朱顏」、「鮫人」、「太乙」、「太華」、「琥珀」等古香古色的詞匯。這些詞匯曾爲他的舊詩增添了不少色彩和詩意，但這畢竟是古典詩歌形式。即使在一些古典詩歌中也有不甚講究詞藻華美的，例如屈原、李白、杜甫、劉禹錫、白居易等人的詩，很少講究和追求詞藻的色彩，相反的卻要求詩歌的詞匯明了、簡練，這並不妨礙他們達到了很高的藝術造詣。

　　如果說聞一多講的是詞藻構成的整個詩句或整首詩，具有可感的並能聯起豐富想像的美好意境的話，那倒是十分中肯的意見，但已經不是形式因素的問題了。

　　事實上，有些詩句中詞藻並不那麼華麗和富有色彩，然而在構成詩句時，就變得很美了。賈島的兩句詩：「鳥宿池邊樹，僧敲月下門。」這裡的「鳥」、「池」、「樹」、「僧」、「月」、「門」，作為這些詞本身並不美，但在賈島所組成的這兩句詩中，卻造成了強烈的藝術感染力，繪織成美麗的想像中的圖案，你能說這一定是詞藻本身的作用嗎？當然，我們不是反對運用華美的詞藻，在某種條件下詞藻的美與不美，將會給詩的內容和詩的意境帶來直接的影響，但是把它作為格律詩中的一個很重要的形式因素就大可不必了。

　　聞一多的新格律詩說和他成功的藝術實踐，在新詩歷史上掀開了有意義的一頁，這是他學習我國優秀的詩歌傳統和學習外國詩歌的結果。我們應該很好地總結和借鑒聞一多的關於新詩格律的理論，從中吸收有益的養料和成分，同時勇於探討和實踐，為早日創造出為大家所喜聞樂見的新體詩歌形式而努力。

詩人對民歌的借用

收錄在《棗林雜俎》中的「富春謠」，被《中國歌謠資料》、《中國歷代農民問題文學資料》等書稱之爲明代民謠，有人對此提出了疑義。他以爲「『富春謠』根本不是民謠。」其作者是位浙江按察僉事，名爲韓邦奇。〔註1〕

爲此，我也仔細地研究了一下這首「富春謠」，發現它具有民歌的風格、特徵以及結構上的某些相似，但是定要肯定它是一首民間流傳的歌謠，又未免太牽強。一是史書有記載。徐咸《西園雜記》卷下記載說：

> 杭之富陽產茶並鰣魚，二物皆入貢。取採時民不勝其勞擾，分巡僉事韓邦奇目擊其患，乃作歌曰：「富陽山之茶，富陽江之魚，茶香破我家，魚肥賣我兒。採茶婦，捕魚夫，官府拷驚無完膚。皇天本至仁，此地獨何辜！富陽山，何日頹！富陽江，何日枯！山頹茶亦死，江枯魚亦無！山不頹，江不枯，吾民何以蘇！」……是詩杭人至今傳誦之。

二是詩中的口吻及稱謂均非百姓的自我表達的方式。三是「杭人」傳誦不息，其中除了有思想上的共通之處，也應看到藝術上帶有一定的民間歌謠的風味。

所以我認爲這首「富春謠」是從民歌民謠中吸取營養的文人創作。

在詩歌創作中，相互吸取養料，相互借用的現象是很普遍的。關於這一點，我們可以在文人的詩歌創作中，經常看到，並成爲大家有目共睹的事實。例如韋應物《廣陵遇孟九雲卿》詩：「西施且一笑，眾女安得妍？」白居易在

〔註 1〕見《中國古典文學研究論叢》，第 267 頁。

《長恨歌》中借用此詩，並將點化，出現了「回眸一笑百媚生，六宮粉黛無顏色」的著名佳句，這比原詩句的描繪更生動，更細緻了。像這樣的事例，何止千百。

除此之外，更有一些有眼力有成就的詩人還注意從人民群眾創作的民歌中吸取養料，借用民歌的形式和詩句，充實和豐富自己的詩歌創作。魯迅曾經說過，民歌、民謠等民間創作的作品「偶有一點為文人所見，往往倒吃驚，吸入自己的作品中，作為新的養料。」(《且介亭雜文·門外文談》)的確，正如魯迅所說，歷史上曾有許多騷士學者為民間的藝術所驚嘆不已，並勇敢地吸進自己的作品中來，或模擬民間某一形式進行創作實踐。

關於這一文學現象，早已引起詩人和評論家的注意。例如後漢、三國時期的三曹的詩歌就很注意借用民間原有的曲牌及內容，並寫出了表達內心世界和時代風貌的作品。樂府《薤露行》和《蒿里行》是當時的挽歌，曹操借用了這兩首樂府詩的形式，突破它原有內容的局限，成功地表達了自己的思想感情。曹丕對民歌形式也進行了大膽的運用。七言詩是漢代民間歌謠的一種新形式，當時文人未能很好重視。東漢張衡的《四愁詩》，雖基本為七言體，但仍未擺脫楚騷體的影響，句中仍有「兮」字。到了曹丕筆下，才有了真正完整的七言詩，這表現他對民間形式是十分重視和喜愛的。另外，他還創造了一些極有民歌風味的詩歌，給人以清新活潑的感覺。曹植是建安時代很有威望的詩人，在他的創作中，同樣也借用了不少民間的東西。如他現存的九十多首詩歌中，有一半以上是樂府詩。我們還可以從《美女篇》中，看出他是很善於在民歌語言和形式上加以提煉提高的。劉勰《文心雕龍·樂府第七》中說：「至於魏之三祖，氣爽才麗，宰割辭調，音靡節平。觀其北上眾引，秋風列篇，或述酣宴，或傷羈戍，志不出於〔淫〕滔蕩，辭不離於哀思；雖三調之正聲，實韶夏之鄭曲也。」這段文字說得極是，它將三曹詩歌精華源泉——即來自民間歌謠的道理一語道破了，真不可謂不精彩。

真正有作為的詩人從不忌諱從民間詩歌中獲取某種養料。劉禹錫在他的《竹枝詞》的序言中說：

> 四方之歌，異音而同樂。歲正月，余來建平，里中兒聯《竹枝詞》，吹短笛擊鼓以赴節。歌者揚袂睢舞，以曲多為賢。聆其音，中黃鐘之羽。卒章激訐如吳聲，雖儉伶不可分，而含思宛轉，有淇美之艷。昔屈原居沅、湘間，其民迎神，詞多鄙陋，乃為作《九歌》，

到於今荊、楚鼓舞之。故余亦作《竹枝詞》九首，俾善歌者颺之，
附於末。後之聆巴愉，知變風之自焉。

這段話，可以看出劉禹錫創作《竹枝詞》的動機，是因看到民歌在人民群眾
中的作用，且民歌在藝術上亦有特點，另外，屈原已有借用民歌形式而進行
創作的先例。正是這樣，劉禹錫才借用民歌的這一形式進行創作了。

要借用民歌，首先對民歌應有個正確的態度，而事實上，歷史上頑固的
統治者和有偏見的文人對民歌是排斥的、非議的。《漢書》卷十一記載：哀帝
曾下詔書，說「惟世俗奢泰文巧而鄭衛之聲興……鄭衛之聲興則淫僻之化
流。」《宋史‧樂志》記載：「真宗不喜鄭聲。」這兩則史料說明，這些統治
者是不喜歡民歌的。由於這一原因，他們當然在自己創作中不會也不希望詩
人去借用什麼民歌的內容和形式了。一些文人學者也反對向民歌學習。清代
潘遵祁《西圃集》卷四說：「夫高唐神女之篇，濫觴於宋玉，上宮美人之賦，
作俑於長卿，才人慣託瑤思，謂諷誡本風、騷之旨，實荒淫同鄭、衛之音。」
（轉引《元明清三代禁毀小說戲曲史料》第 253 頁）這種偏頗的見解，雖有
一定的市場，但不能左右有識之士向民歌學習的信心和決心。

漢樂府古辭《豫章行》，是以豫章山上的白楊樹作為歌詠對象，以比擬的
手法，寄託了遠離家鄉和親人的思念，和對命運難料的悲感之情。曹植的《豫
章行》就是沿用這一舊題的作品，與樂府詩所表達的思想感情基本一致。李
白也寫過《豫章行》，其內容在與親人分離這一點上與古辭有所聯繫，且所寫
的地點就在豫章（南昌）一帶，也與曲名相吻合。這是一種借用民歌形式的
做法，即內容與原來樂府所表現的基本相類；另一種做法，即內容與樂府曲
名毫無關係，我們前面所舉的曹操所寫的《蒿里行》等，即為一例。再說詞
的發展也可以說明這一點。

詩人對民歌形式的借用，可以說是文學史上一種普遍的現象，縱觀詩歌
發展的歷史，不難發現這還是一條規律呢。凡是一種新形式的出現，勢必在
此之前已在民間大量存在並為廣大群眾所利用了，由於文人的發現，被運用
於創作實踐中，隨著隊伍的擴大，他們開始總結其中的特點、規律，使早存
於民間的粗製毛坯的藝術形式得以不斷提高和改善、並日益臻美，從而確立
這一形式在詩歌中的地位。楚辭原是流傳於今湖北一帶的民歌形式，屈原被
楚王流放後，有機會耳濡目睹這些豐富多彩、清新活潑的楚國民歌，並為之
觸動，正因為如此，他借用了這一民歌形式，其中也包含對民間詩歌中的一

些句子的引用，準確恰當地反映了自己的思想感情和政治理想。在這方面屈原可以稱爲借用民歌的一名先驅和旗幟。詞在唐代就流傳於民間。《舊唐書·音樂志》音樂書上就曾說過：「自開元以來，歌者雜用胡夷里巷之曲」。據此記載，開元教坊雜曲大多來自民間的各種曲調，這就是詞的最早的形式。到宋代，由於大都市的發展和繁榮，市民階層的出現，統治階級追求逍遙淫靡，需要精神上的享受；同時，詞對表現當時的現實生活有一定的長處。於是人們開始雕章琢句，比聲協律，使之一躍成爲稱霸詩壇的主要形式。散曲的出現，它也是根據民間已有的小曲小調，後經文人加工修繕而成的，還有楚辭、五言詩、七言詩甚至律詩等詩歌形式的出現，都來自民間。

在借用民歌方面，很大部分表現在稍稍改變一下民歌原有的說法，造成新的詩句，融化到自己的作品中。曹植《美女篇》：「行徒用息駕，休者以忘餐。」這首詩是說行路的人因看到美女而停車不走，休息的人也因此而忘了吃飯。這樣的描繪的方式和形象在漢樂府《陌上桑》中也類例的情況，「行者見儸敷，下擔捋髭鬚，……耕者忘其犁，鋤者忘其鋤。」曹植的那兩句詩很顯然借此變化而成的。元代女詩人管道升《我儂詞》：「把一塊泥，捏一個你，塑一個我。將咱兩個，一個齊打破，用水調和：再捏一個你，再捏一個我：我身上有你，你身上有我」。詞中的這些詩句，與記載明代李開先《一笑散》中的民歌「鎖南枝」十分相似。從時間順序上來講，詩人的作品在先，但從語言、風格、表現手法等方面分析，那些句子十分接近民歌，可知當時已有這一民歌出現，爲作者注意、吸收並得以借用。

詩人借用民歌句子，目的之一是爲了更好地創造新的境界，因爲這樣的也就決定詩人不得不在原有詩句的基礎上或進行改變，或直接引用後加進新的內容、意境、主題等。用專業術語而言，也就是一種點化。《古謠諺》中記載的《賣絲糶穀謠》：「二月賣新絲，五月糶新穀。」在唐聶夷中《詠田家》中完整地借用了，而且加上「醫得眼前瘡，剜卻心頭肉」之句，把在封建地主階級殘酷統治下，農家貧困潦倒的悲慘景遇形象地披露於「社會」。應該看到，這四句詩在作品中是渾然一體的，沒有後兩句，前兩句只表現一種現象；如果沒有前兩句，後兩句議論就缺之有力而形象化的依據。可見，詩人借用民歌決不可停留在轉述上，相反地應加進大膽地議論、描寫、敘述等，事實上，詩人也這樣做了。《長城民歌》：「生男慎勿舉，生女哺用脯。不見長城下，屍骸相支柱。」這首秦時民歌被借用於陳琳《飲馬長城窟行》，更是與全詩有

機地結合在一起：第一將這四句民歌作為詩中戍卒對妻子說的話，顯得動情、
真摯、中肯；第二也未照搬原句，而加以改造了。後兩句變成「君獨不見長
城下，死人骸骨相撐拄！」這樣更口語化了，符合特定情景的需要。在我國
現代文學史上，也有不少的詩人借用民歌而創造出許多瑰麗多姿、感人動情
的詩歌作品來的。李季的《王貴與李香香》應稱作上乘了，作品不僅融匯了
大量信天游的原句，而且加以改造、創新，使革命的政治內容與詩歌形式完
美地統一起來了。另外，還有張天民的《死不著》，阮章竟的《樟河水》中也
都有許多民歌原句的痕跡，所不同的是有的多些，有的少些；有的改造的多
些，有的改造的少些。有一點可以肯定的，這些傳之長久的著名詩作，和民
歌有著密切的關係，有人說民歌是詩歌之母，從某種意義上來講，有一定的
道理。

　　詩歌創作有其一定的繼承性，包括形式、內容均在內，仿效民間歌謠的
寫法和形式加以變化，具有推陳出新的作用。我國民歌遺產是十分豐富的，
而且可以毫不誇言，其中某些民歌無論從思想內容還是藝術質量上來看，都
是文人的作品所不可比擬的。正因為如此，我們的詩人不仿借鑒一下民歌，
探求出發展我國詩歌的方法、源流等有益因素來。

新詩應向古典詩歌和民歌學習

目前，社會上在新詩討論中流行這樣兩種觀點：一是所謂在民歌和古典詩歌基礎上發展新詩妨礙了詩歌形式的多樣化，限制了新詩的發展；一是認為強調民歌和古典詩歌為基礎發展新詩是片面的。這兩種觀點在《福建文藝》開展的「關於新詩創作問題的討論」中也或多或少地顯露出來。四月號上孫紹振《恢復新詩根本的藝術傳統》中有這樣一段文字：「舒婷正是繼承了新詩敢於汲收外國詩歌的長處以彌補我國古典詩歌某種不足的傳統。五四新詩這一寶貴傳統，由於近十多年來片面強調了向古典詩歌和民歌學習而被嚴重地忽略了。」反映了上述所說的第二種流行觀點。

外國詩歌有其長處，這是人所共知的基本常識。我國的詩人也曾從各種流派和風格的外國詩歌中吸取了不少的養料，三十年代初期活躍在詩壇上的李金髮、戴望舒的詩，受到法國象徵派詩的影響；三十年代後期馮至、卞之琳、穆旦等人的作品也從外國的各種流派作家那裡得到借鑒。不僅如此，我國新詩的某些形式和表現手法，也是從外國吸收進來的，在實踐中不斷改造、不斷發展並取得了一定的成效。例如樓梯式的詩歌的形式產生於法國立體未來派，這一形式詩歌的出現擴大了詩歌的藝術表現能力，加強了節奏感和音樂性。馬雅可夫斯基正是採取了這種形式來表現激動的、跳躍的情感，收到很好的藝術效果。我國詩人賀敬之等從馬雅可夫斯基那裡借鑒了這種形式，並加以發展，較好地將形式與內容完美地統一起來了。據我所見，舒婷的詩歌，大抵吸取了歐美象徵派、未來派、現代派的各種表現手法，從內容而言，有的思想感情反映得真實，可信，有的則稍差些，因為外國式的語言表述影響作者思想的直抒，使人覺得晦澀難懂；從形式而言，缺乏民族化的

詩歌特點。

我國人民的生活環境、社會活動、生產方式與其他國家存在不同之處，勢必會影響到人們的審美情趣和思維方法，因此又產生種種的差異。就詩歌審美觀點說，有人寧願熟讀唐詩三百詩，不願讀惠特曼或普希金那樣偉大的詩作，這是審美差異的具體表現。當然這並非絕對的，但從我國多數的讀者的實際狀況出發，他們更喜歡的是具有我國詩歌傳統和風格的詩歌形式。當然舒婷詩的形式在我國詩壇上也應有其一席位置，可以豐富詩壇，增加色彩和品種，也還會擁有一部分讀者。但可以肯定，這種根植於外國詩歌的形式與我國人民的審美觀點和情趣有著較大的距離，實際上新詩發展的歷史經驗也告訴我們，靠外國的詩歌形式或表現手法來發展我國的新詩，這條道路是行不通的。

新詩是五四新文化運動的產物，它高舉反帝反封建的旗幟，衝破舊詩詞格律的束縛，表現了對萬惡的封建制度的仇恨和詛咒，表現了對光明和進步的渴望和追求。這種民主主義的革命精神和思想內容，在歷史上顯示了它應有的地位；但遺憾的是這樣好的詩歌並沒有在群眾中流傳、紮根，沒有引起廣大讀者的興趣，除其他各種原因外，很重要的一點，就是新詩的形式在中國沒有堅實的基礎，脫離了我國詩歌的民族形式和民族傳統。所謂「象徵派」、「新月派」、「現代派」詩歌在形式上也是全盤歐化的，缺乏中國詩歌本身的特點。當時，甚至有人仿擬莎士比亞的十四行詩，美國惠特曼的自由詩，印度泰戈爾的散文詩等形式，這是屢見不鮮的。郭沫若曾說過：「惠特曼的那種把一切的舊套擺脫了的詩風，和五四時代的狂飆突進的精神十分合拍，我是徹底地為他那雄偉的豪放的調子所激蕩了。」（《我的做詩的經過》）正因如此，他唱出《女神》等詩篇。蕭三在談詩時也說過自己「在蘇聯寫詩最初也是唱本形式的，後來稍有變化，也學了點外國詩的樣子」（《蕭三詩選·自序》）臧克家在他的《十年詩選》序言中也談到類似情況：「我初學詩時，受到了聞一多先生許多教益，受到了『新月派』一點影響」。由此窺見一斑。即使是一些進步的詩人也因種種緣故，他們對於詩歌形式的運用只注意到外國的某種形式，而沒有利用和改造具有我國民族特點的詩歌形式。自由詩和散文詩一般都沒有鮮明的節奏、韻律，也沒有一定相對固定的詩句和詩節，商籟體、十四行詩又有嚴格地按照他的本國語言的特點的格律形式，這與我國民歌和古典詩歌相比有著明顯的差別，也與我國人民群眾的欣賞習慣大相徑庭。所以，

新詩從外國詩歌的形式中尋找出路是不行的；可以借鑒，但立足點應該放在民歌和古典詩歌的基礎之上。毛澤東同志在給陳毅談詩的信中，明確地說道：「將來的趨勢很可能從民歌中吸引養料和形式，發展成為一套吸引廣大讀者的新體詩歌。」我以為這一指示是正確的，它深刻地揭示了我國新體詩歌形式創立的一條必由之路。

創立新詩的形式，許多有志於詩歌革命的人們也都把注意力放在承繼我國詩歌的傳統上，他們不僅具體闡述新形式創立的意義、作用，而且還身體力行實踐自己的主張。遠在辛亥革命前，一些接受了資產階級民主主義思想的政治家，看到了舊的詩歌形式的束縛，不適宜表現新的思想內容，於是振臂高呼希望來一個「詩界革命」。當時的黃遵憲、譚嗣同等就主張施行這一革命。特別是黃遵憲自稱「新派詩」，他的詩有的運用具有樂府民歌特徵的「歌」、「行」來寫，有的在語言方面大量用進方言俗語，因此具有詩律不嚴，韻腳較寬的特點。五四運動以後，傳統的詩歌形式被徹底打破，新的詩歌形式的創建問題又引起人們極大關注。劉半農就是其中的一個。他在《我之文學改良觀》一文中談到詩歌問題時，主張「更造他種詩體」，以取代舊的詩歌格律形式。在詩歌創作中，他利用各種民歌形式，進行詩歌形式的「花樣翻新」。一九二六年五月，聞一多首次提出了要建立新的「詩的格律」的設想，他以為新的白話詩也應該有格律形式，詩的格律形式不會破壞詩歌內容的表達，反而更會有力地表現詩的思想內容。他打了個比方：「越有魄力的作家，越是要戴著腳鐐跳舞才跳得痛快，跳得好。只有不會跳舞的才怪腳鐐礙事，只有不會做詩的才感覺得格律的縛束。……對於一個作家，格律便成了表現的利器。」（《詩的格律》）應該承認，這個比喻很不恰當，但也說明了一個道理，格律形式是障礙物，也是「利器」，就看運用者掌握的程度如何。從這點意義來說，他的這段話也還是有價值的。在聞一多自己的創作實踐中，除了吸收外來詩歌的有益養料外，也吸收了我國古典詩歌的長處，因此他的詩歌中的節奏、句法、韻音節等因素還有著我們民族的傳統和特點的，《死水》中的詩比較好地說明這個道理。在關於建立新詩形式方面，何其芳有其獨特的見地，早在延安時期就主張建立新的格律詩，解放初期又幾次寫文章探討了這個問題，一九五八年，他再次談了自己的設想和看法，由此而引起了一場有關詩歌形式的大辯論。何其芳的主張是：「我們說的現代格律詩在格律上只有這樣一點要求：按照現代的口語寫得每行有整齊的頓數，每頓所占

的時間大致相等，而且是有規律的押韻」(《現代詩的格律》，《中國青年》1954
年 10 月號)。這一主張不僅符合我國詩歌的實際狀況，而且新詩的格律也不
難實現的。

　　隨著新詩形式的不斷探討，詩歌在實踐上也在不斷摸索，產生了勇於創
新的詩人，某些人在詩歌形式民族化的道路上，取得了不少經驗，並出現了
一批膾炙人口的好作品。李季、聞捷、阮章竟、賀敬之、郭小川、田間、張
志民、柯仲平等人就是走在這支隊伍前列的探索者。

　　《漳河水》的作者阮章竟曾在漳河一帶做過群眾工作，熟悉和了解那裡
人民群眾的思想感情、生活習慣等，並搜集了不少民歌民謠，為創作這首長
詩的形式民族化、群眾化奠定了牢固的基礎。長期以來，郭小川在探索如何
以中國古典詩歌和民歌為基礎而發展新詩方面，作出了可貴的努力，創造了
一種雄渾有力的詩體。這種詩體繼承和發揚了古典詩歌和民歌的藝術特徵，
再經過作者長期實踐，逐漸形成了具有自己鮮明特徵的風格，《廈門風姿》、
《祝酒歌》溶古典詩歌的嚴謹豐富的結構和民歌健康、樸素、清新的表現手
法為一體，可謂是出色佳篇。在向民歌學習方面，李季更是一位大家所熟悉
的有一定成就的詩人，他勇於向民間歌謠學習，創造了多種民歌體的詩歌形
式。著名的長篇敘事詩《王貴與李香香》是以陝北「信天游」為主要基礎創
作出來的；《菊花石》是以湖南「盤歌」的形式進行創作構思的；《五月端陽》
則是詩人以民歌和北方最流行的鼓詞形式為基礎的作品。雖然這樣的嘗試在
實踐中還有不足之處，但是應該承認大方向是對的，藝術上也取得較好的成
果，並獲得廣大讀者的歡迎和喜愛。

　　綜上述之見，我們以為倘若要恢復新詩的藝術傳統，千萬不能忘記我國
的民歌和古典詩詞，不應將視線只注意外國的某些詩歌形式，外國的有益的
詩歌形式只能借鑒，不可作為基礎、傳統而言，否則中國新詩的發展將成為
無源之水。

（載 1980 年第 8 期《福建文光》）

再談新詩的發展基礎

　　我在一九八〇年八月號《福建文光》上發表了一篇題爲《新詩應向古典詩歌和民歌學習》的文章，李更提出了商榷意見（見十一月號），我以爲這種爭鳴是有益的，它說明人們對新詩的發展極爲關切，並試圖從理論上闡述新詩發展過程中所存在的各種問題。但是，對李更一文的有些觀點，卻不敢苟同，現將我的觀點再來辯說一番，以求問題討論的展開和深入。

一

　　李更在文章中說，他「並不反對在民歌和古典詩歌基礎上發展新詩。尤其是後者，對新詩形式的多樣，還有極大促進作用。」並且，還舉例說明，我國古典詩歌有不少是屬於意象派的作品。

　　關於這一點，我是極爲贊同的，除了贊同之外，還需補敍如下：在我國古典詩歌和民歌中更已產生各種流派和風格的作品，而並非如有人所說它的創作手法十分單調，只有現實主義和浪費主義兩種。假如按照現代國外某些詩歌理論來看，我國古典詩歌和民歌早已存在了那些國外近百年來引發展出來的詩歌流派。超現實主義的詩歌理論，最早是國外繪畫流派，產生於本世紀二十年代的法國，作品所表現的思想必須是超越理智，超越現實的，形象看上去好像是荒謬錯亂的。有位理論家普拉茲在《美與怪》一書介紹超現實主義的繪圖時，舉例說：把自行車畫成牛頭，車上把手是兩隻牛角；把女明星的臉畫成一間屋子，嘴唇是沙發椅，鼻子是煙囪。這種描繪在我國第一部詩歌總集中，也可以找到。《衛風·碩人》描寫衛莊公的夫人莊姜時這樣寫道：「手如柔荑，膚如凝脂，領如蝤蠐，齒如瓠犀。螓首蛾眉。巧笑倩兮，美目

盼兮。」如果用超現實主義的繪畫藝術來表現的話，那不就成了怪誕的畫圖：手被畫成了茅草狀，頸脖子被畫成了一條蛐蟮蟲，牙齒被畫成了一排瓠瓜子一樣，一條蟓代替前額，一隻蛾橫著當作眉毛。關於意識流，不僅是教文形成的表現手法，也是韻文形式的重要表現手法，這在我國古典詩歌中亦有運用。如李白的《夢游天姥山吟留別》然是通過夢的聯想，生動地描繪了天姥山驚奇奇麗的景象。還有李商隱、王維等人的詩，很多是指人的主觀意識在表現的。葉夢得在《石林詩話》中說：「詩語固忌用巧太過，然緣情體物，自有天然工巧而不見刻削之痕。」這裡可見我國詩歌對情很爲重視的，正如意識流作品側重描寫人物的精神狀況，強調以描寫人物豐富的感情和複雜的內心世界，是有共通之處的。

由於我們是一個注重實際的民族，所以在詩歌創作上雖取得了極其輝煌的成就，然而理論上的總結卻很少，另外，因傳統的可慣勢力，將一些具有創新的詩歌形式，視爲異端，所以致使一些可以成爲引流派的詩歌，慢慢地自滅了。雖然，我國的詩歌理論研究限於時代和社會的原因，未能形成對那些具有新風格、新特點詩歌的正確認識，但這些古典詩歌的實踐，畢竟爲我們新詩的發展提供了有益的因素。

正是這樣，我們主張新詩應向古典詩歌和民歌學習，也可說是重要根據之一。然而，我們又不是排外主義者，對外來的詩歌形式需要借鑒和學習，在立足點還是放在我們民族詩歌形式的繼承上。

二

在《這條路行得通》一文中，李更還提出這樣一個觀點，「原先的所謂新詩，標語口號太多，詩人們把自己看到想到的用標準式語言上升到理性，給人一個直接的概念，也不用讀者思索，當然誰都懂了，可就因爲這樣，才使新詩瀕於死亡，現在有人想救活，卻還有人指責這，非難那。」

恕我長長地引錄了上述這段話，因爲這樣猶可以使人看得更清楚些，不致於使人造成強加於人的錯覺。李更在這些文字中，提出了三個發人深省的問題：一是對新詩的評價問題。李更所說的「原先的所謂新詩，標語口號太多」，這裡的「原先」不知指多長的時間，是指整個六十年的新詩歷史嗎？如果不是，也必定是指後三十年的新詩狀況而言，其中也包括郭小川、聞捷、公劉、田間、賀敬之、蔡其矯等人的作品的了。二是新詩由於是給人以直接

的概念，不用再思索，致使「新詩瀕於死亡」。有這樣嚴重的後果嗎？換言之，因有那些使看不明白的深奧莫測的詩，才能使新詩復活，對於這一點，我大大表示懷疑，難道作為一種風格淺近、樸素、明瞭的詩歌不允許存在？三是既然新瀕臨死亡之邊緣，那就意味著要挽救了。李更以為挽救要靠意象派詩歌，「因為他們往往用形象表述一個哲理，只不過形象把哲理埋得太深」而已。很顯然，從他一褒一貶的鮮明態度中，可知他是將新詩的發展前途寄希望於意象派這一表現形式的。

關於兩個問題，因限於篇幅和離題較遠的關係，不加贅述了，現在就第三個問題再談談自己的看法。

首先，我們應該看到意象派（實際上也叫象徵派）作為一種風格，一種流派，能夠為祖國的詩歌園地增加色彩，但是，也應看到，意象派在我國讀者中，有一部分人並不喜歡，《詩刊》今年第十二期發表的全國職工文藝創作講司班丁拉等人的文章《詩離生活越遠越好唱》，反映了一部與讀者對目前詩壇上的意象派詩歌不滿的情緒。其次，意象派詩歌確有其一定的局限，文雖能給人回味思索的廣闊餘地，然而有時不免會使人難以捉摸。就舉李更文中所提及的龐德為例吧。他有首詩叫《在一個地鐵車站》只有兩句：「人群中這些面孔幽靈一般顯現，濕漉漉的黑色枝條上的許多花瓣。」光從詩人給我們的形象來看，一般很難出現這兩句之間的必然聯繫，至少我是很難理解這其中所包含的內容。關於這首詩，龐德在 1916 年的《高秋埃——布熱澤斯卡：回憶錄》中說：「三年前在巴黎，我在協約車站走出了地鐵車廂，實然，我看到了一個美麗的面孔，然後又看到一個，又看到一個，然後是一個美麗兒童面孔的，然後又是一個美麗的女人，那一天我整天努力尋找能表達我的感受的文字，我找不出我認為能與之相稱的、或者像那種突發情感那麼可愛的文字。那個晚上……我還在繼續努力尋找的時候，忽然我找到了表達方式。」我們看了這長長的解說之後，才清楚地看出那首詩中的含意，這樣的做法，又多費事呢。我看，目前有些青年詩人的詩也有這種味道，如果不加注釋，是很難猜透詩中的涵意的。詩以含蓄為好，但含蓄到後人不甚理解的地步，總不太好吧。

從五四新文化運動以來，新詩的發展問題，一直是詩人和評論家所密切注意的課題，劉半農、劉大白、蒲風、李金髮，徐志摩、聞一多等人曾從各種不同的途徑，擇求到詩的形式，也形成四種不同風格的傳歌：古典詩歌如

民歌結合的詩歌，民歌式的詩歌，象徵派的詩歌，中外詩歌形式結合的詩歌（如聞一多的部分詩）。這四者在新詩史上都有其一定的地位和作用，假如有人以為 1949 年之後，是依靠行政手段，獨尊古典詩歌與民歌相結合的詩歌形式，而排斥象徵派詩歌，使其未能拯救新詩的話，那麼，1949 年後的三十年，象徵派詩歌也未必那麼行時，那麼受人歡迎，除了內容上的原因之外，形式也是一個很重要的因素。被稱為象徵派詩人的李金髮在創作多年以後，出現了當時詩人只知向國外詩歌學習和借鑒，而放棄了對我國古典詩歌的認可和借鑒的弊病，他曾在《食客與凶年》一書的自跋中，指出：「余每怪異何以數年來關於中國古代詩人之作品，既無人過問，一意向外採輯，一唱百和，以為文學革命後，他們是荒唐極了的，但從無人著實批評過。」同時，他又指出，希望用中外詩歌的各具所長，「試為溝通，或即綢和之意。」可見李金髮對我國的古典詩歌還是很重視，至少是在一些實踐後，看到了這一點，這對於今天的新詩發展的討論，不無益處。據說，李金髮在這本書出版之後，再沒有其他詩集，而遠居美國去了，這說明新詩要做到他的理想，也不是那麼容易的。

這從新詩發展的歷史來說明，要靠象徵派（意象派）的詩歌事挽救新詩，是難以成功的。我們應該看到，新詩的產生、發展都有自己內在的必然規律，單憑自己的主觀良好願望而去設想，是不可能達到的。不因為如此，我們就必須從六十年新詩發展的歷史去考察、研究，從中找出規律性的東西，以求新詩的發展和繁榮。

從歷史上的幾次討論看
新詩民族化的趨勢

　　「五四」新文化運動，給詩壇帶來了一場深刻的前所未有的革命，打破了舊的傳統詩歌形式的束縛，創建了符合現代國語的白話詩。在此之際，展開了激烈的關於新詩的討論，這也可以說是新詩歷史上的第一次公開論戰。

　　新詩的誕生，意味著對舊體詩詞的挑戰，因此受到反對。古適的《嘗試集》是第一本新詩集子，正因為它首當其衝，就遭到復古派的咒罵。南京東南大學有個教授叫胡先驌就曾說：「胡君之《嘗試集》，死文學也。以其必死必朽也。不以其用活文字之故，而遂得不死不朽也。物之將死，必精神失其常度，言動出於常規。胡君輩之詩之鹵莽滅裂趨於極端，正其必死之徵耳。」（見《嘗試集‧四版自序》）。

　　復古派的言論，理所當然地遭到了當時反擊。劉半農、錢玄同、魯迅、李大釗等人都曾發表過對文學革命問題的見解，大力提倡文學革命。陳獨秀在《文學革命論》一文中，聲稱：「余甘冒全國學究之敵，高張『文學革命』大旗，以為吾友之聲援。」這些文章，也為新詩的成長，起了推動的作用。繼《嘗試集》之後，郭沫若的詩集《女神》出現了，它以豐富的想像，火山爆發一般的熱情，表現了強烈的反帝反封建的意識，其中的詩篇，氣勢雄渾，構思新穎，形式多樣，為我國詩歌發展開闢了道路。

　　這時的新詩討論，主要地是針對復古派的鬥爭。同時，我們也可以看到，即使在當時革命陣營中對新詩的發展問題，各人的見解也是不盡相同的。

　　劉半農在《我之文學改良觀》一文中，談到詩歌問題時，主張要「更造

他種詩體」，以取代舊有的格律詩歌，反之，還是運用那舊有的詩歌形式的話，那麼「格律愈嚴，詩體愈少，則詩的精神所受之束縛愈甚，詩學決無發達之望。」他還列舉了英國、法國的詩歌發展狀況來論証更造他種詩體的必要性。英國詩體較多，而且還有不限音節，不限押韻的散文詩，因此詩人層出不窮，詩歌也發達、繁榮。相反法國的詩歌則戒律極嚴，這就造成在詩歌方面遠不如英國的現象。爲此，他大聲疾呼：漢代人能創造五言詩體，唐代人能創立七言詩體，爲什麼我們就不能更造一種新的詩歌形式呢？劉半農還提出向民歌學習，擬仿民歌的形式，來個「花樣翻新」（《劉半農詩選・揚鞭集・自序》）他還曾經「用江陰方言，依江陰最普通的一種民歌——『四句頭山歌』——的聲調」，創作了十多首詩歌，並自編成一個集子。

除了劉半農之外，還有郭沫若等人的詩歌創作也注意了從傳統的詩歌中吸收有益的養料，在詩歌的民族化道路上邁出了可貴的第一步。

胡適的新詩理論是建築在「歷史演進論」的基礎上，他說：「文學者，隨時代而變遷者也。……試更以韻文言之：『擊壤』之歌，『五子之歌』，一時期也；『三百篇』之詩，一時期也；屈原荀卿之騷賦，又一時期也；蘇李以下，至於魏晉，又一時期也；……凡此諸時代，各因時勢風會而變，各有其特長，吾輩以歷史進化之眼光觀之，決不可謂古人之文學者皆勝於今人也。」（《文學改良芻議》）因此，在這樣一種理論的指導下，他只是一味地強調新詩「不但打破五言七言的詩體，並且推翻詞調曲譜的種種束縛，不拘格律，不拘平仄，不拘長短，有什麼題目，做什麼詩，詩該怎麼做，就怎麼做。」（《談新詩》，《中國新文學大系・建設理論集》）這裡，胡適不談新詩的民族化問題，隔斷了新詩與傳詩詞的相互聯繫。

胡適的這段話，實際上也牽涉到一個新詩的發展是否需要基礎的問題。如果需要，那麼，這一基礎是什麼？如果不需要，新詩能不能發展？關於這些問題，在當時，未能辨明。事實証明，不需要基礎，而能發展新詩的想法是幼稚天眞的，行不通的。不是在我國傳統的詩歌形式的基礎上發展新詩，那麼，就只好是從外國的一些詩歌形式中，取得發展新詩的基礎了，除此而外，無他路可走。

第二次新詩的討論，在二十年代末至三十年代。

在三十年代，中國文化界圍繞著詩歌起源等問題展開了論爭，其中也牽涉到詩歌的民族形式問題。

　　在當時的詩歌陣地上，實為放棄民族形式，而一味強調「全盤歐化」。梁實秋曾說：「他們要試驗的是用中文來創造外國詩的格律，裝進外國式的詩歌。」這些文字，把當時的胡適之流，新月派詩人的民族虛無主義，盲目崇外的心理披露於眾了。

　　魯迅針對這些情形，進行了針鋒相對的鬥爭。

　　魯迅說：「詩須有形式，要易記、易懂、易唱、易聽，但格式不要太嚴。要有韻，但不必依舊詩韻，給大家容易記，又順口，唱得出來。」這段話，是對我國古典詩歌和民間歌謠的深刻總結，也是新詩民族化的根本途徑。所謂易記易懂，順口有韻，動聽能唱，也是對新詩形式的展望，它符合中國人民的欣賞習慣。

　　早在一九二六年五月，聞一多首次提出了要新的「詩的格律」的設想。他以為，新的白話詩應該有格律形式，詩的格律不會破壞內容的表述，反而更有助於表現詩的思想內容。他說：「只有不會做詩的才感覺得格律的束縛。對於不會作詩的，格律是表現的障礙物；對於一個作家，格律便成了表現的利器。」（《詩的格律》）聞一多還對新詩格律，提出了大膽的設想。他認為，詩的格律不僅表現為音樂的美（音節），繪畫的美（詞藻），而且還包括有建築的美（節的勻稱和句的均齊）。他在自己的詩歌創作實踐中，履行了自己的主張。著名的詩作《死水》，便是一個例子。

　　這種新的格律詩的基礎是什麼呢？是以中國詩歌和外國詩歌為基礎的。因為聞一多曾設想新詩應是中國詩歌和外國詩歌相結合的「寧馨兒」。

　　聞一多的這一理論，對新月派詩人有一定的影響，但他們拋棄了聞一多理論的核心部分，即內容與形式的統一。他們除了表現一些頹廢的反動的思想意識外，也在那裡模擬格律詩的形式，抄襲外國唯美主義的表現手法，搞什麼「新格式與新音節的發見」。但是，因這種形式完全脫離內容而獨立，雖經苦心琢磨，只不過是一個華麗的外殼而已。形式是為內容服務的，離開內容談所謂的形式，勢必會產生形式主義的「流弊」。徐志摩看到這一狀況，也不禁大驚失色，他驚呼道：「再以人身作比，一首詩的字句是身體的外形，音節是血脈，『詩感』或原動的詩意是心臟的跳動，有它才有血脈的流傳。要不然，『他戴了一頂草帽到街上去走，碰見一隻貓，又碰見一隻狗，』一類的語句都是詩了！我不憚煩的述說這一點，就又是我們，說也慚愧，已經發展了我們所標榜的、『格律』的可怕的流弊！」

現代派詩人李金髮在創作實踐中，感到一味向國外某些詩歌形式進行模擬的做法，是不明智的，而開始感到應該向我國古典詩歌學習了。他說：「余每怪異何以數年來關於中國古代詩人之作品，既無人過問，一意向外揀輯，一唱百和，以爲文學革命後，他們是荒唐極了的，但從無人著實批評過。」

從這第二次的新詩民族形式的論戰中，可以看出一點，那就是：新詩應該從我國傳統的詩歌形式中吸收營養的看法，逐漸得到了普遍的承認。雖然，各種詩人或各個文化集團對此看法不盡相同，但是，都或多或少，或正或反的在理論和創作中反映了這一看法。

關於詩歌形式的問題，解放以後也進行過幾次公開的激烈的討論。

解放初期進行了一次。一九五〇年三月十日出版的《文藝報》發表了一些詩人的筆談，其中有些意見是值得我們注意的。田間建議：「我們寫新詩的人，心樓注意格律，創造格律。」蕭三也說：「我總覺得，我們的新詩和中國千年以來的詩的形式（或者說習慣）太脫節了。所謂『自由詩』也太『自由』到完全不像詩了。」

一九五六年又進行了一次關於詩歌形式的爭論。當時，朱光潛在十一月二十四日的《光明日報》上，發表文章指出：「我們的新詩在五四時代基本是從外國詩（特別是英國詩）借來音律形式的，這種形式在我們人民中間就沒有『根』。從五四以來，新詩人也感覺得形式的重要，但是各自摸索。言人人殊，至今我們的新詩還沒有找到一些公認的合理的形式，詩壇仍然存在著無政府狀態。」這些話，體現了對於新詩缺乏我國的民族形式的不滿，同時，也可看到一種迫切希望建立新的具有民族化的詩歌格律的要求。

新民歌運動以後，這種討論更廣泛更深入更持久了。

這是第三次討論新詩問題。

在關於建立具有我國民族形式的新詩格律方面，何其芳有其獨到的見解。他打破了過去有關格律詩探討中的傳統說法，而把注意力轉到吸收古典詩歌和民歌方面來了，從而提出了他自己新的觀點。他在《現代詩的格律》一文中說：「我們說的現代格律詩在格律上只有這樣一點要求；按照現代的口語寫得每行有整齊的頓數，每頓所占的時間大致相等，而且是有規律的押韻。」

我們以爲，何其芳要建立一個爲大家「普遍承認的現代的格律詩」的理論，理由是充足的，設想是有效的，是我國傳統詩歌理論的新用法。劉熙載

的《藝概・詩概》說：「論句中自然之節奏，則七言可以上四字作一頓，五言可以上二字作一頓耳。」這裡除了某些概念相同（如頓字），而且在意義上也有近似之處。可見，何其芳提出的理論不是天生的，是採用了前人的經驗，又總結了新詩的實踐而得出的。雖然，在當時遭到了普遍的反對，但是，歷史証明，他的這一理論是正確的。

如今，我們在討論「朦朧詩」、「現代詩」的時候，回顧新詩歷史上的幾次爭論是有益的，從中可以得知：新詩必然要有民族風格，任何流派的詩歌形式，都要民族化，不要忘記我們的偉大詩歌傳統，當然，我們也不應排斥外國詩歌的有益東西。郭小川說：「我們要向外國詩歌學習，尤其要向我們自己的古典詩歌傳統學習。但是，我們的學習對象，也有主次之分，輕重之分。」這一觀點，是辯証的，應為我們記取的。

詩歌與情感

五代王定保編撰的《唐摭言》記載這樣一則故事：

> 一旦（王維）召之（孟浩然）商較風雅，忽遇上（唐玄宗）舉維師，浩然錯愕伏床下，維不敢隱，因之奏聞。上欣然曰：「朕素其人。」因得詔見。上曰：「卿將得詩來耶？」浩然奏曰：「臣偶不賷所業。」上即命吟。浩然奉詔，拜舞念詩曰：「北闕休上書，南山歸敝廬；不才明主棄，多病故人疎。」上聞之撫然曰：「朕未曾棄人，自是卿不求進，奈何及有此作！」因命放歸南山。終身不仕。

這首詩是孟浩然《歲暮歸南山》中的前四句。唐玄宗聽後不以爲然，認爲作品不眞實，「朕未曾棄人，自是卿不求進」，歷史上唐玄宗用人如何？我們暫不作評價，但就他將頗具詩才的孟浩然拒之以千里之外，這本身是十足的棄才。

應該說，此詩反映了孟浩然的思想情感的。他的侍友王士源在其詩集的序言中寫道：「浩然父不爲仕，佇與而作」，「行不爲飾，動以求眞」。孟浩然的確一生未曾作過官，當然並不是他沒有官癮，然而種種原因而未進入官僚階層，走以這樣的思想基礎和現實生活作依據，晚年之際，產生「不才明主棄，多病故人疎」這樣敦厚爾雅的詩句是很正常的。雖然這首具有眞實情感的詩，沒有得到當時最高統治者的青睞，但詩卻經過千百年時間的冲刷而保存下來，成了大家所熟知的好詩，這與作品中流露出來的眞情實感是分不開的。

我們所說的眞實的情感是發自內心的，反映社會生活的精神世界的，符合歷史發展趨向的。王勃沒有離別之情，是唱不出「海內存知己，天涯若比

鄉」的佳篇。杜甫沒有耳聽目睹貧富兩極懸殊，是發不出「朱門酒肉臭，路有凍死骨」的悲涼之聲的。李白的《蜀道難》、賀知章的《回鄉偶書》、柳宗元的《江雪》、張籍的《野志歌》、李賀的《雁門太守行》等等，凡屬爲人們所公認的並流傳不絕的時作，大抵都具有上述特點。相反的，文學史上有過的詩大雅、頌，漢賦曾喧赫一時，獨霸文壇，然而這些作品大多流於內容空乏的歌功頌德，毫無眞情實感，掩飾社會的矛盾和鬥爭，和民眾的思想感情格格不入，因此，就被歷史所淘汰所遺棄。應該說具有眞摯感情的詩歌才是有生命力的。

王國維在《人間詞話》中說道：「詞人之忠實，不獨對人事宜然，即對一草一木，亦須有忠實之意。否則所謂遊詞也。」爲什麼王國維強調詩人在作品要有「忠實」的情感呢？詩歌是以情感人，以情動人的藝術。脫離了情感，詩歌等於沒有靈魂的殭屍，不能教育人和給人以美的享受。如果不能有這樣的藝術效果、抒發情感，也就取消了這一藝術樣式存在的必要條件。因此，詩人對作品中出現的任何事物（哪怕是一草一木）都必須對其賦於自己的情感，無病呻吟的東西是感動不了欣賞者的。

詩歌與意識流

　　一般人以爲，意識流是西方現代派文學中被廣泛運用的一種表現手法，其實並不然，作爲表現手法早在我國古典詩歌中就已被使用了。遺憾的是，我們的祖先一向注重實踐而忽視理論研究，因而沒有對詩歌中的這一現象進行認眞總結，也就不可能出現這一概念來；另外，我國歷史上也沒有形成具有代表性的作家和流派，因此這種表現法趨於一種忽明忽暗自生自滅的境地之中。

　　我國古典詩歌中的意識流有如下幾個明顯的特點：

　　一是聯想。聯想可以造成新的藝術情景，更有利於人物思想感情的表達和抒發。在電影中我的可以清晰地看到這一點，古典詩歌中只要認眞分析一下，就不難呈現。如李白《夢游天姥吟留別》就通過夢的幻景，加以聯想，生動地描寫了天姥山驚險奇麗的風姿。「湖月照我影，送我至剡溪。」「半壁見海日，空中聞天鳴。」當航海者談論著傳說中的海上仙山，使作者因之夢見神奇峻峭的天姥山，這是十分自然的。二是內心的自白。在我國浪漫主義詩人中間，那種用以進引抒發內心痛楚、報負、願望的詩篇是屢見不鮮的。正因是內心自白，多半是可以爲是作者的意識在起作用。李商隱的詩富有獨創性，也常常在詩中利用內心自白的藝術方式，披露自己的思想感情和理想願望。《偶成轉韻七十二句贈四同會》便是一例。詩中說：「眾中賞我賦《高唐》，回看屈宋由年輩。」這兩句是講，節度使盧弘正很賞識李商隱的作品，並認爲他又與居原宋玉並駕齊驅。這兩句雖是回憶，亦可以認作是一種內心的自我表白，既妥貼又順當，將作者正直且又富有才華的形象表現出來；如果不用這一藝術手法，不僅作者難以啓言，而且在表現上也缺乏藝術力量。

三是回憶追溯。詞的上半闋一般爲寫實的，下半闋又往往是回憶追溯過去。在起、承、轉、合的格律詩中，所謂「轉」，有時也多半用作回憶之用。

葉夢得曾在《石林詩話》中說：「詩語固忌，用巧太過，然緣情體物，自有天然工巧而不見其刻削之痕。」正如意識流作品側重描寫人物的精神狀態，強調以描寫人物豐富的感情和複雜的內心世界一樣，我國古典詩歌理論也強調作品中的情（這裡的「情」，例應包括各種意識因素在內）這是同出一轍的。

由孔夫子編撰的我國第一部詩歌總子中，就有意識流的運用。《鄭風‧將仲子》是表現一個女子婉言拒絕愛人和她幽會的詩。詩中的心理活動通過語言表現得自然生動，女子複雜的心理狀態躍然紙上。詩沒有對現實進行形象化的敘述，而是深入人物思想深處，把人物的思想、感情、願望都通過意識表現出來了。當然這裡所表現的意識流還是原始的質樸的，我國詩壇眞正出現意識流還是三十年代左右。當時一些著名詩人李金髮、徐志摩、戴重舒與國外現代派詩歌中吸取了意識說的創作手法，運用到自己的詩歌創作中來，在當時產生了一定的影響。如李金髮的《琴聲》：

聽呀，她遊行在靜寂的落葉裡，遇了小枝，遂稍微變了點腔調，用此比初夏的蟬鳴，似乎還要悠揚些；比秋深的急雨，似乎又緊張些。（見《食客與凶年》一書）

這裡雖描寫的是琴聲，其實這些感覺只能是作者的，而不屬於天性的聲音。姑且不論此詩思想性如何，單說在音聲描繪上的形象性和細膩可感方面，是有獨到之處的。

由於種種緣故，現代派詩歌遭到徹底否定，意識流的藝術手法也受到不應有的責難。欣喜的是，在我們新出現的詩人中開始用意識流進行詩歌實踐了，舒婷便是其中一員，作爲一種藝術風格或流派，它將爲詩壇增添風彩。

王蒙最近在《對一些文學觀念的探討》一文中說：「中國的詩歌既有現實主義，也有浪漫主義，還有象徵、印象、意識流……什麼都有。李賀、李商隱的一些詩就很有點意識流的味道。李白的《夢游天姥吟留別》也有意識流的味兒。」〔註1〕這是有識之見。從上述例証中，我們可以看到正確或較好地運用意識流會使作品情感橫溢，加快節奏，展現新的藝術境地，然而如使用不當，如今產生晦澀難怪的感覺。記得有一位美籍華人作家曾經說過，意識

〔註1〕見《文藝報》1950年9月號。

流在國外已經是古董了。此話不假。目前世界上自我標榜所謂意識的作品已不多了，但作爲一種藝術手法仍有其一色的長處，符合當今人的欣賞習慣的，詩歌中加以借鑒和運用，生存於百花園中成其爲一朵，也未嘗不可。

顏色與詩歌

　　宴席上的荣饌講究「色、香、味」。一盤菜端來，我們雖然不知其「香、味」，但顏色清新、鮮明，會使人食慾爲之頓開。還據說，法國有彩色公路，用各種顏色塗在路面上，不僅作爲區分各種車道、行駛停止等作用而且對人們的精神起著調節的作用。顏色在現實生活中的運用，這表明人們越來越注意到了顏色的用處了，開始利用各種色彩更廣泛地爲人類服務。

　　至於精神生產之一的詩歌與顏色早就結下了不能之緣。長期以來，詩人們就在他們的創作實踐中運用各種顏色字來表述各種情感、畫面、形象、意境，並寫出了不少世代傳聞的名篇佳作。

　　在創作過程中，人們懂得了顏色在詩歌中的運用，可以造成形象思維的有力依據。詩歌是一訴諸於想像、聯想的文學作品；當詩人在作品中恰如其份地運用顏色字時，就能產生鮮明的、近似可見的圖像。杜甫的兩句詩：一行白鷺上青天，兩隻黃鸝鳴翠柳。在這對仗十分工整的詩句中運用了四種顏色字。人們可以根據自己的生活積累，繪畫修養盡情地想像杜甫給我們留下了這兩幅畫。有位畫家曾對我說過：杜甫的這兩句詩就是兩幅色彩鮮麗的工筆畫；只要我讀到這兩句，腦海中就會立刻浮現出這樣的情景：青色的天空猶如圖畫的底色，一行白鷺扶搖直上；翠綠的柳枝上兩隻嬌小靈瓏的黃鸝在不停地鳴叫、跳躍。青和綠都是暗色，白和黃是明色，因此在兩者的相映相襯之下，對比分明，色彩絢麗。

　　詩歌中顏色字的運用，本身就包藏著作者的感情色彩。我們可以以這些顏色字中體會到作者的各種思想情感。李賀的《雁門太守行》中的第一句：「黑雲壓城城欲摧」，是膾炙人口的名句，它用「黑雲」來形容形勢險惡、山雨欲

是十分貼切、生動的。中唐時期，藩鎮勢力強大，再加上北方少數民族統治集團不斷擾亂，戰爭經常爆發，大唐帝國在這種形勢下，頗有呼拉拉大廈將傾之感，時勢嚴重。李賀用「黑雲」不僅表現當時形勢的險峻，同時也表達了他反對割據、主張統一的鮮明的政治立場和思想感情。

現實生活中，本身就存在各種各樣的色彩，青山、綠水、藍天、青煙、紅旗、碣石等等，毫不誇言，世界是由各種顏色構成的。詩人對顏色字的運用，完全是在認真觀察生活、體驗生活的基礎上所產生的。「楊柳青青江水平」（劉禹錫《竹枝詞》），「客舍青青柳色新」（王維《送元二使安西》），「青山橫北廓，白水繞東城」（李白《送友人》），「霜葉紅於二月花」（杜牧《山行》）。這些顏色字的出現是客觀實物在詩人頭腦中的反映，它不是故意雕琢而成，是詩人遵循現實主義的創作原則，真實地描寫客觀現實的結果。

我國古代的詩歌評論者，也看到了詩歌實踐中的這一現象。范希文就曾在《對床夜語》中論及杜甫詩時，指出：「老杜多欲以顏色字置第一字，卻引實事來。如，『紅入桃花嫩，青歸柳葉新』是也。不如此，則語既弱而氣亦綏。」這些文字不無道理。聞一多提出關於建立新格律詩時，希望新格律詩應該有「三美」（即音樂美、繪畫美、建築美），其中的繪畫美，主要指的是詩在人們頭腦中出現的生動可感的生活畫面。要達到這種藝術效果，在詩中恰如其份地貼切地運用顏色字，就更能構成富有鮮明的自然色彩的畫圖。我們何不更好地運用這些顏色字，使詩歌做到「語既強而見亦壯」呢？

後　記

歌謠研究，是我研究時間較長的一個門類。

從復旦大學讀研究生時候，我的畢業論文就是歌謠研究。經過一段時間，論文寫出來，字數七八萬。答辯時候，有三個老師出席：一個是我的指導老師王永生，一個是袁震宇，另外一個就是蔣孔陽先生。論文通過了，當時的歌謠研究裡，畢竟帶有很多的主流文化的行文、詞語與色彩，與現在語境有了很大的不同，這篇論文在保留了二十多年之後，覺得可能今後無法再用，就將其撕毀了。如今想來又感到，此實為非常衝動卻也是可惜之舉。

我的歌謠研究擺脫不了那個時代的烙印，隨著西方文化理論的進入，開始發現可以換一個視角來研究傳統的民間文化，於是就有了我的《中國歌謠心理學》的誕生。

拙作的出版，意想不到獲得好評，1994 年 5 月 23 日中國通俗文藝研究會發來通知書，上面寫著：您的大作《中國歌謠心理學》已經評為「首屆全國通俗文藝理論優秀作品皖廣絲綢杯」三等獎，特此致賀！頒獎大會將於 1994 年 6 月 16 日在人民大會堂舉行。敬請光臨。

並且在通知中，特別說明「在京食宿費用，由本會解決。」當時，一是在職，請假不便，二是路費要自理，故有放棄之念。正巧這個時候，妻子因為工作緣故出差北京，就幫助去開會，還領取一個「飛馬踏燕」造型的金屬獎狀，底座上還刻有我的姓名以及此次主辦方等有關信息。

我的歌謠研究，除了關注歷史上的民間歌謠之外，同時更多的將注意力拉回到現實中來。研究現代吳歌，就占據我整個歌謠研究的大部分精力，這與那個時期江南地區的吳歌發掘有直接的關係。80 年代末，新的吳歌被大量

發現，特別是長篇吳歌像雨後春筍一般出現，引起民間文化工作者的興趣，研究新的吳歌，就成為當時很重要的一個內容。

如今，這本書是在《中國歌謠心理學》的基礎上增加一部分民歌方面的內容以外，還增加一個附錄，主要匯集了我在 90 年代關於詩歌研究、新詩討論的有關文章，與歌謠有一定關聯，也可以發見我的歌謠研究的基本脈絡。

徐華龍

2016 年 5 月 17 日星期二